傳奇故事系列

作者：鄒敦怜

廖添丁傳奇

插畫：林鴻堯

導讀

廖添丁是個奇特的人物，他的故事一再被傳頌，每經過一次渲染，他的事跡又增加幾分傳奇性。在說書人口中，在戲劇的誇張表現下，有人開始產生疑問：真有這個人嗎？他真的那麼厲害嗎？

其實，真有這麼一個人，他用獨行俠的手法抗日。只是，他並沒有傳聞中那樣神通廣大，那些令人覺得不可思議的俠義事跡，有很多是杜撰出來的。為什麼要塑造這樣一位英雄人物？我們要先了解那個時代，才能明白這個問題。

台灣這塊土地，在西元一六八三年歸於清朝版圖。但當時朝野有濃厚的歧視觀點，把台灣視作海外異域，對台灣的統治，比起之前的荷蘭人和鄭氏王朝，相差很多。清廷以禁止和限制的差別待遇，對待來台開拓的人民。這段期間台灣的種種發展，官方的力量占得很少，全是開荒農民和子孫的全力奉獻。直到一八八四年爆發中法戰爭，法軍登陸基隆並封鎖澎湖，清廷政府這才意識到台灣的重要性，開始積極的開墾台灣、建設台灣。可是這一切已經太遲，清廷面臨的問題不只是沒把台灣建設好，還必須面對一個又一個入侵的外國勢力。一八九四年，朝鮮國因東學黨的糾紛，請清廷派兵支援。同時，日本也派兵，兩國起了衝突，發展成中日戰爭。這一仗，清廷慘敗，簽了馬關條約，把台灣、澎湖割讓給日本。台灣開始進入了「日本殖民地時期」。

想一想，被國家這麼輕易「送掉」的滋味是怎樣？中國人講究「認祖歸宗」，誰願意變成日本人？台灣人早已習慣「凡事靠自己」，清朝政府一走，台灣人立刻組成一支支的義軍，打算和日本人對抗。可是日本人的手法實在高明，他不但有精良武器，還利用人性的弱點，培養一批甘願為日本效命的台灣人。在日本人統治的前十年，這群當走狗的台灣人，協助日軍展開凶殘的屠殺及鎮暴。廖添丁正是這個時候的人，也代表許許多多有相同遭遇的人。

廖添丁得罪保正（相當於鄉長，也是日本人的眼線），弄得家破人亡。他的怨恨不是日本人能用收買安撫的，所以他獨來獨往，不時製造些小災難，讓日本人著急。據說，他專偷和日本人關係良好的地主，並把偷得的錢財丟進貧苦人家中。「劫富濟貧」的作法，讓老百姓淡化了他「偷盜」的行徑，也替所有被壓榨的人民出了一口氣。

所以，廖添丁的故事被傳得越來越「神」，其實是人們心中的期盼造成的啊！他們真的希望有這樣的人，神出鬼沒，隨時替窮苦老百姓解決糾紛。這個「英雄」，雖然不能解除人民的苦難，至少也安慰了受傷的心靈。

讀廖添丁的故事，要試著去了解，當時有多少真正愛鄉土的台灣平民，以赤手空拳來面對日本人的統治。這種「壓不扁的玫瑰、打不倒的人民」的特性，正是我想表達的「廖添丁精神」！

人物介紹

廖添丁：台中清水人，武功高強。被保正害得家破人亡，誓願祕密抗日。

紅龜仔：香港竊賊，來台發展。栽在廖添丁手中，兩人成為難兄難弟。

王七七：大陸的武者，因清廷戰敗割讓台灣而留下，也是添丁的啟蒙師父。

阿善師：王七七的朋友，也是當地有聲望的老人家，對添丁有祖孫般的感情，也為添丁照顧孩子。

榮琴：阿善師的小徒弟，和添丁相戀，卻不能結成夫妻。她為添丁生下一個孩子，名叫阿六。

簡義與柯鐵：雲林鐵國山的領袖，曾領導義軍作頑強抵抗。

徐祥：老博士，保有祖傳米酒配方。因廖添丁與貓仔三等的幫助，配方才不致於被日本人奪去。

蕭嫂：埔里的大地主，屋後有神泉一口。她待人苛刻，連妾所生蕭家唯一的孩子也如此。廖添丁使出妙招，使她痛改前非。也讓日人買泉水造酒廠的事，有較理想的結果。

陳文筆：農業專家，受雇於惡地主，研究文旦種法差點為此送命。廖添丁為他解危，也讓麻豆文旦更加普及。

楊琳：廖添丁的朋友，慷慨提供地點讓廖躲藏。最後迫於無奈，親手結束廖添丁的生命。

王七七
榮琴
阿善師
廖添丁
紅龜仔

目次

一、酒席上的不速之客

「誰？」楊家大宅的長工李二，向空盪盪的院子喊著。放眼望去，黑漆漆的，只有大廳透出燈火，院子裡的樹影拉得特別長。

剛才，明明有個人影竄出，只是一下子就不見了，莫非……莫非是鬼？想到這兒，李二冒了一身雞皮疙瘩，縮了縮脖子，還是趕緊把手上熱騰騰的湯端進屋子吧！

今天是個特別的日子，屋主楊全最近得了一個「官職」，當上了「保正」，這對楊全來說，是件光宗耀祖的事情。幾年前，村裡出了第一個舉人，是許家的長生，那時許家多風光啊！尤其是許長生要到福建任職時，從村頭到村尾，到處是道賀聲。這些看在楊老先生眼中，既是感慨又是羡慕。楊老先生不止一次的對楊全說：「我真不明白，你的腦子不壞呀！為什麼總是考不到功名？」這個村子裡的義學，還是楊老先生出資主辦的呢！楊老先生每年提供幾石的米糧，請了一位秀才來教村裡的小孩讀書，誰知道自己的獨子楊全什麼都行，就是讀書識字不行。楊老先生總是歎氣做結論：「也許是我燒香燒得不夠虔誠吧！這輩子多希望子孫能得到一官半職，我好向老祖宗交代啊！」

楊老先生是個敦厚誠懇的地主，和佃戶之間有濃厚的感情，當時大家一起從原鄉來到台灣打拚，是主僕，也是兄弟朋友。楊老先生去世後，偌大的田產交給楊全處理。楊全的性子和父親完全不同，說一是一，絕不通融，家產一下子增了好幾倍。日軍進駐以後，楊全因為熱心捐款，和日本人的關係很好，就得了這個「保正」的職位。

可別小看這個「保正」哦！平時負責催收稅租、分配工作，有必要時還可以提報罪犯。雖然沒有任何報酬，但得到日本人的信任，就像得到一張「萬能通行證」。楊全就得到樟腦和食鹽的專賣權，這可為他賺來大筆的財富呢！儘管佃戶中有人曾勸他：「日本人不懷好心眼，你不要跟他們同一鼻孔出氣。」楊全卻嗤之以鼻：「識時務者為俊傑，現在是日本人當皇帝，我們何必跟自己過不去！」

像今天這個慶功宴，楊全邀了許多日本友人，也邀了其他各區專賣員，真可說是場「大人物」的聚會。至於那些辛苦工作的佃戶？楊全壓根就沒想過要請他們。他以前曾問過父親：「這些佃農不是要靠我們才能過活嗎？為什麼逢年過節，我們還要宴請他們？」在他看來，每年把地租給那些沒有田的窮人，就是最大的恩寵了，哪有必要降低自己的身分，讓那些窮人和自己平起平坐！

酒宴上熱鬧滾滾，楊全用學了幾個月的日本話，周旋在賓客之間。桌上擺了一道道山珍海味，比過年的場面還要大。李二剛把湯端上桌，忽然聽到屋頂上一陣劈哩拍啦響，好像豆大的雨急急落下。這陣響聲從正廳往東廂房遠去，屋裡喝得酒酣耳熱的人們，沒幾個留意到。

隔了沒多久，東廂房透了些微光。慢慢的，紅色微光中竄出火苗，等火勢大到引人注意，已經一發不可收拾。整個楊家大宅亂成一片，原本所有的家丁，不是在廚房做事，就是在大廳等候差遣，現在全手忙腳亂的準備救火。最狼狽的要屬楊全了，今天是自己的大日子，卻讓別人看到這個混亂的場面！他氣急敗壞的指揮著：「快，去搬開東廂房的東西！去拿水桶，快！動作快一點！」

家丁七手八腳的衝到水缸旁，赫然發現五、六個大水缸不是被推倒，就是被打破，這樣子怎麼取水救火嘛！來到井邊，平時放得好好的繩子和木桶，也不翼而飛，臨時要怎麼找東西替代？風呼呼的吹，火勢越燒越猛，楊全的心真是痛極了！他催著家丁到河邊提水，明知遠水救不了近火，他也要工人來回奔波。有人動作稍微慢一點點，他就大聲喝斥：「手腳不會快一點嗎？好好的房子會起火，你們是怎麼看的！」東廂房是楊全最重視的地方，許多值錢的東西都放在那兒，火不趕快熄滅，損失可大了！

「楊桑，很嚴重哦！」一個日本警察看著大火，有點惋惜。

在外人面前，楊全還是想擺出架子，他一改著急的神情，表情輕鬆的說：「小意思，小意思。我楊全是遇火即發，越燒越旺！哈哈——」

在火光中，不知道什麼時候，有一個人從失火的房子中跳出。大家還來不及反應，這個大漢已經縱身一躍，一下子就立在正房的屋頂上。

「砰砰——砰——」日本警察掏槍射擊，子彈結結實實的打在瓦片上，卻沒能傷到那個不速之客。微光中，隱隱約約可以看出那是個結實的年輕人，穿著對襟的短衣，腰間束著腰帶。楊全心頭一震，難道是——

「楊全走狗，今天先給你一點警告！」

「你是誰？這麼大膽，你眼中還有官法嗎？」楊全仰頭使勁的喊著。

「我、是、廖、添、丁！」站在屋頂上的人中氣十足，清清楚楚的報出姓名。好像一盆冰水，澆熄了酒宴的熱鬧歡娛，連舉槍的日本警察也有所顧忌。就在這遲疑的片刻，廖添丁發出爽朗的笑聲，朝另一個方向跳下去。屋裡的人雖然立刻繞到後面，卻沒看到半個人影。後面是一大片甘蔗園，難道廖添丁藏在裡頭嗎？日本警察朝蔗園掃射，費了好大的功夫，仍然是浪費子彈、白費力氣。

這次大火，讓楊家蝕了不少本。第二天，附近許多佃戶一早起來，發現屋子裡多了一小包東西。有的是幾塊碎銀子，有的是幾吊錢，收到的人家又疑又喜，不知道這筆意外之財，該誠實繳報還是可以據為己有？消息傳得很快，不到半天，昨天夜裡楊家宴席上，闖入不速之客的事情，就成為大家討論的話題。拿到東西的人家這下才放寬了心，原來這就是傳聞中的「義賊」所留下的禮物。只是，村裡的人誰也不認識廖添丁，只是聽過他的獨特行徑。

「我們又不認識他，他為什麼要送錢給我們？」這是許許多多人的疑問。

「既然功夫這麼好，要偷什麼就可以拿得到手，為什麼要一再冒險？見好就收，老老實實的做生意，安安穩穩的過日子不是更好！」想得比較遠的人，想不透為什麼有人寧願在刀尖上走險，萬一被捉到，可是死路一條啊！

這些臆測和討論，廖添丁都聽不到；就算他聽到什麼，頂多也是笑一笑，不當一回事。他好像生來就是浮萍命，隨水漂流，永遠也定不下來。剛燒了楊家大宅，剛把東西丟進那幾戶看起來比較破舊的農家，他又輕輕鬆鬆的流浪到下一個鄉鎮。他要去哪？恐怕連他自己也不知道。

這時，廖添丁正和紅龜仔在一家小店吃飯，回想昨夜的千鈞一髮，紅龜仔還是興高采烈的說：「哼！那個姓楊的，他做夢也沒想到，自己會有這一天吧！哈哈，雖然沒必要除掉他，但狠狠的整他一次，心裡也真夠痛快。」

雖然廖添丁悶不說話，紅龜仔還是停不下來：「大哥，要不是我們聽到小店老闆的話，也不會做這檔事。天底下哪有這麼霸道的人，我當時就想，一定要給他一點教訓。果然，你也想到這一步了……」

昨天，是廖添丁第一次踏上這個小村莊，他和紅龜仔隨便找了家小店吃東西，無意間聽到店主夫婦的對話。

「隔幾天就要收租了，我們還籌不出錢，真令人煩惱，哎——」

「這上半年都鬧旱災，田地只要一不注意，水就乾了，東西也長不好。可是頭家半分錢也不肯減，他根本不知道做田人的辛苦。」

「頭家……頭家曾跟我提過，如果能把阿英給他做小的，他就可以……」

「不！絕不！我的女兒才不要嫁那種人。阿英才十四歲啊！你忍心要她去伺候那個快五十歲的老頭？他休想！再怎麼窮困，我也不會拿女兒來抵債。」

店主咳聲歎氣，眉頭深鎖。廖添丁也聽得義憤填膺，血脈賁張。店主的話勾起他相同的記憶，那是一段讓他痛苦萬分的回憶。他一個勁的猛喝酒，另一方面，也豎起耳朵，想再聽聽有什麼線索。

「老頭家還在就好！想到老頭家人實在好，年租什麼時候繳都可以。荒年啦、家中有人過世啦、生病沒辦法做田啦……只要特殊狀況都可以商量。哪想到這個少東，完全沒學到他老爸的仁厚！」

「老頭家還在，看到他孩子楊全這種樣子，一定會被活活氣死。明天他還要慶祝得到一個保正職呢！日本人的狗官，哼！希望老頭家從墳裡跳出來教訓教訓他！」

聽到這兒，廖添丁已經把事情弄清楚，又是一個仗勢欺人的地主。他當時就決定，無論如何，要替店主出一口氣。雖然兩人素昧平生，但對店主的遭遇，他彷彿有切膚之痛。

現在，火也放了，也送了足夠的銀兩給店主，可是廖添丁還是不開懷。像這樣惡形惡狀的地主，是永遠無法真正除盡的。他看看陰霾的天空，什麼時候，才能雲開見日呢？

二、飄流兩兄弟

雖然是秋天，不過太陽還是很烈，一不留神，皮膚就被晒得脫一層皮。中部這時正是農忙時節，隨處望去，到處都是金黃稻穗。在半山上，一對年輕人一邊走，一邊聊天。他們刻意避開大路，專挑小路。只有在這種人煙稀少的路上，才能盡情的說話。

仔細看看，比較高大的年輕人，穿著日本軍人常穿的便裝，馬靴擦得又黑又亮。比較矮的那位，也穿得整整齊齊的，像專門收租的帳房。他們走了走，停了下來，看看山下平原的景象。

「那條河離田地這麼遠，中間的大圳都是大家一鋤一鋤的掘出來的，那要費多少人力、多少時間啊！」

「可不是，台灣人實在厲害，硬是把荒地變良田。不懂的人總是以為『台灣錢淹腳目』，其實，裡頭不曉得流了多少血、多少汗！」

「台灣本是好地方，奈何……奈何……」高大的年輕人本來想哼唱幾句，可是聲音突然變得哽咽，他用力敲打身旁的一棵大樹，聲嘶力竭的喊了起來：「爸、媽、阿琴——」他的聲音驚擾了林中棲息的鳥兒，紛紛拍動翅膀逃離。搖晃的樹葉陰影，飛竄的鳥兒，讓四周變得風聲鶴唳。矮個子驚覺的看看四周，伸手拍動同伴的肩膀：

「添丁兄，不要難過啦！生死有命，我們一定可以為他們報仇！」

原來他們是喬裝的廖添丁和紅龜仔。

「添丁兄，不要激動啦！如果有人經過，會增加麻煩啦！」紅龜仔比較冷靜，想得比較多。可是廖添丁像一鍋沸騰的水，心中的憤恨、遺憾滔滔不絕的翻滾出來。

「添丁兄——」紅龜仔還想再勸，但想一想，這種荒郊野地又有誰會來呢？

這一年是西元一八九六年，日本人來台灣已經整整快一年了。想起來台灣人真可憐，荷蘭人來了又走了，才不過幾年，英國人又大大方方的進來，把本島的樟腦、茶葉、礦產一船一船的運走。清朝政府不是不能管，是根本管不了。同治十年，日本人又想來分一杯羹。那一年，明明是幾個琉球來的日本居民不懂禮節，誤闖牡丹社，日本人卻用這件事作引子，想出兵攻打台灣，糊塗的吏部尚書毛昶熙竟然默許。

當三千名精銳日軍攻上車城灣的射寮村，遇到排灣族的戰士英勇抵抗。日軍不熟地形，不適應氣候，死傷慘重。消息傳回北京，清廷毫無警覺，只想到被外人上門欺負是種恥辱，想趕快擺平事情。所以打了敗仗的日軍，最後還得到五十萬元的「賠償」！那時是一八七四年，同治十三年。從那時候起，日本人的野心就越來越大。果然，二十年後，日本經歷了明治維新的改革，更是積極的想擴張勢力。清廷和日本為了朝鮮的東學黨爭再度交手，誰也沒想到，一向被看成野蠻小國的日本，竟然也有了壯大的實力。清廷連連吃敗仗，就連最精良的北洋艦隊，也在黃海被擊得全軍覆沒。

戰勝的日本趾高氣昂，清廷只好任人宰割。台灣，就在一八九五年的馬關條約中，成了日本的囊中物。苦日子過多了，台灣人也想和新政權相安無事的過日子，可是日本人養了一群鷹犬，讓大家的日子都不好過。這些受了日本人重用的台灣人，極盡全力的欺壓同胞。對這種毫無法紀的作法，日本人都是睜一隻眼閉一隻眼，反正又不是他們的子弟受苦受難！

廖添丁這次回鄉，是為了替家人上香，一想到日本鷹犬逼死他的家人，害得他孤獨無依，他心裡頭就滿是恨意。他還不到二十歲啊！

廖家祖先從原鄉渡海來台，世居在台中秀水庄（今清水）。添丁的阿爸叫廖水，是個勤儉刻苦的人。秀水庄的人給廖水取了個綽號，叫「石頭仔」。當時，他們一大群人申請共同開墾，廖水出的錢少，分到的土地地勢較高，土中又混雜著石塊。有人好心的說：「秀水兄，不然你替我做田，這塊旱地讓我種些牧草養牲口，也許你的日子可以過得比較輕鬆！」廖水婉拒了同鄉的好意，再怎麼說，有土斯有財，怎麼可以放著自己的田地不管！

連著好幾個月，從早到晚，都可以看到廖水一寸寸的掘著自己那塊田，一粒粒掏出礫石，他比老牛還要仔細，挑出的石塊漸漸堆成了小山。不可思議的是，原來這塊地往下翻兩尺，又是可以種東西的黑土。廖水砍下麻竹，做成水管，把水從附近的小溪接過來。廖家的地雖然不大，維持一家的溫飽還不成問題。廖水的毅力和執著，使得「石頭仔」的名號不脛而走。廖添丁在光緒九年（西元一八八三年）出生，底下還有弟弟妹妹。生活雖然苦了點，但只要一家人平平安安的在一起，廖水就心滿意足了。可是，這個平凡的夢想也不容易實現。添丁九歲的時候，廖水積勞成疾病倒了。他把添丁叫到跟前，沈痛的說：「家裡要靠你了，孩子！」

父親死後，母親王足到別人家幫傭，小小的添丁代替爸爸工作，年紀更小的弟弟也替別人放牛，家裡的生活更苦了。一家人咬著牙，只希望趕快長大，生活的擔子就不會這麼重了。

沒幾年，中日甲午戰爭爆發，清廷戰敗後把台灣割讓給日本。那些從內地來的清廷潰軍，回不去大陸，只好留在台灣，隱姓埋名，分散在各行各業中。王七七，也是其中之一。

沒有人知道王七七本名是什麼，只是忽然間，發現鎮上多了一家賣「切仔麵」的小店。小店的招牌是自己寫的，字字蒼勁有力。廖添丁第一次看到王七七，是跟著鄰居大哥長吉一起到鎮上。他們來到「七七麵館」，老顧客正跟老闆聊天。

「老闆，你這家店為什麼叫『七七』啊！」

「我就叫王七七啊！我媽生了六男六女後，才生下我，所以就叫七七。」

「騙人！哪有這麼會生的。」

「真的？不然，你去問我媽！」

顧客笑得合不攏嘴：「你從哪裡來我都不知道，我要怎麼去問你媽媽，真是開玩笑。」

「那不就得了，我幫你問，明天告訴你。」

王老闆一邊說，一邊將手中的麵糰抖成一條條的細麵條，接著再將麵條放進熱湯中煮熟。那拉麵條的手法像變魔術，廖添丁簡直看呆了。他想，如果能把這個手藝學好，將來靠這來吃飯，也能好好照顧家人。他記住小店的位置，第二天一大早，從家中直奔七七麵館，想拜王老闆為師。他側身鑽進王老闆家的院子，卻被眼前的景象迷住了。那個滿臉和氣、溫和的拉麵老闆，這會兒打著赤膊，穿著寬鬆的功夫褲，很有節奏的打著一套拳。王老闆眼神銳利有神，每一揮拳都像要把風攪動得颯颯響。這種威風凜凜的神氣模樣，讓添丁心生嚮往。他屏氣凝神，一動也不敢動，當王老闆站直站穩，提氣收拳時，添丁忍不住鼓起掌來。他真誠的讚美：「老闆，你的拳打得真好，請收我做徒弟好不好？」

突然冒出一個孩子，王七七也吃了一驚，以自己的功力，應該可以察覺到有人窺伺，但卻沒能發現這個孩子。莫非這孩子天生是練武的材料？王七七假裝用腳一絆，想看看這孩子的反應怎麼樣？他原以為小孩會跌個狗吃屎喊痛，沒想到廖添丁順勢一滾，像翻個身一樣容易，還趕緊回頭問：「老闆，你有沒有怎樣？」說著伸手就要扶起王七七。

「練得眼花，腳步不穩，沒什麼！」王七七讓廖添丁扶起自己。他心裡一陣竊喜，這孩子底子好，又有俠義助人的真心。他想起自己留在廣東的妻子兒女，現在小兒子應該也有這麼大了。當年跟著軍隊到處打仗，老想著再等幾年，領了餉就可以回家鄉，誰曉得……

「小伙子，你幾歲？」

「我十三歲。」

果然和我家裡的小柱子一般大，王七七看了看，又多了幾分親切。「你想學拳腳做什麼？」

「我要保護媽媽、弟弟和妹妹，我要掙很多錢，讓他們過好日子。」

「學武很苦的，你最好問問你爸爸，等他答應了再說。你這樣偷偷跑來，家人會擔心的。先回去問好了再來！」

眼前的孩子眼眶一紅：「我爸半年前死掉了，我就住在前村，不會很遠的！老闆，請教我吧！我可以幫你洗碗打雜，要我做什麼我都可以學。」

原來是個沒爹的孩子！王七七充滿了幾分憐愛之情，當下答應收廖添丁為徒。並且每個月送點錢給王足，讓孤兒寡母能安心過日子。

廖添丁整天待在麵館，他聰明勤快，不但學師父的武功，也學師父的待人處事。他學得很快，又肯再三的揣摩練習，沒多久，就能和師父打出一樣俐落的「流民拳」。麵館裡來來往往的人很多，前面又有一個大廣場。年輕的廖添丁很有人緣，他看到廣場上有人競技比畫，都會好奇的去請教。平常的人是不隨便把功夫流傳出去，也許是廖添丁的態度特別恭敬，被他問到的人，十之八九，都願意教他一兩招。他的腦子靈敏，看到別人比畫，也會暗暗記下來，再利用時間嘗試練習。幾年下來，他融會了南拳北腿、東戈西戟，各式各樣的功夫。仗著力氣大、行動敏捷，同樣的功夫使起來，他硬是比別人來得強。王七七很高興自己能有這樣傑出的徒兒，不過他仍然時時耳提面命：

「學武主要是強身、防衛，千萬不可以拿來欺侮人啊！」

「我知道，師父。」

「還有，添丁，不要老想強出頭，留得青山在，不怕沒柴燒。我怕你的個性太好強，老想打抱不平，會吃虧的，你要注意啊！」王七七語重心長的勸著。

「我會留意的，師父，請放心。」

想到這，廖添丁打住了思緒，他懷疑師父當年是不是早有預感呢？廖添丁每次想到自己的衝動釀成的大禍，想到因為自己而被牽連的家人和師父，他就後悔自己為什麼不沈住氣？為什麼不忍著點，吃點「眼前虧」？可是他又捫心自問，換做敦厚的師父，能看清歹人的真面目的嗎？恐怕也會落入圈套吧！錯一步，連連錯，落到現在連家也回不去。

一陣風吹過來，也把滿地的落葉吹著騰空飛轉，好久好久，葉子都沒能落回地面。廖添丁心頭一陣緊縮：難道，我和紅龜仔也像這葉子一樣，沒法子落葉歸根嗎？

「添丁哥，該走了，天快暗了。」

聽到紅龜仔的聲音，他才真是回過神。

「是啊！該走了。」廖添丁嘴裡應著，心裡也有一個小小的聲音：「我身邊還有紅龜仔啊！我不是孤獨的呀！況且，我已經走到這條路，再也不能回頭啦！」

三、養豬風波

旭日剛剛升起，又是新的一天。在一處偏僻的小山澗，有兩個年輕人捧起溪水洗臉洗腳。陽光照在他們臉上，這才發現，這是張年輕卻有滄桑痕跡的臉蛋。

「添丁哥，有魚！捉來當一餐。」紅龜仔查覺到大哥心事重重，老是想找機會讓他開懷。

「好啊！」

兩人前後包抄，水被弄混了，魚也跑了。身上衣服全弄濕，兩人乾脆脫了衣服，跳到水中好好洗洗身體。

紅龜仔看看大哥眉頭稍稍舒緩，他的一顆心也稍稍放鬆。對廖添丁，紅龜仔有一種很特殊的感情。論年紀，他比廖添丁還大上十歲。但紅龜仔少年時「轉骨」沒轉好，長到十一、二歲就沒再長。從後面看，常被人誤認為是小孩子。也許是身材的影響，紅龜仔心中有種不為人知的自卑。他從小跟著江湖郎中一站站表演，雜七雜八的學了不少功夫。他學著耍狠耍詐，立誓要讓那些瞧不起他的人吃苦頭。闖蕩了這些年，紅龜仔在香港，是聲名顯赫的流氓。他做事不顧情面，大家都不想惹他。尤其是紅龜仔「三隻手」的功夫，可以說是神乎其技，只要錯身走過，身上的錢袋就會被摸走。

香港很早就來了許多洋人，洋人一個個又高又壯，看在紅龜仔眼中更不是滋味。反正一技在身，走到哪就安頓到哪兒，抱著這樣的心態，紅龜仔三年前經香港到廈門，再坐船來到台灣。他靠著「偷」，就能過得不錯，也從來沒失手。直到遇到了廖添丁，紅龜仔不但找到了真正關心他的好兄弟，也徹底的改變了自己。

那一天，廖添丁在淡水老街走走停停，看起來心不在焉，紅龜仔盯上了他，尾隨著走到比較少人的街道，故意擦身而過。紅龜仔摸到結實如鐵的肌肉，心中暗叫不妙，果然，他的手隨即被那個人反扣：「你沒手沒腳嗎？為什麼要偷東西？」紅龜仔低著頭，失手被捉是從來沒有過的事，他一時不曉得該怎麼反應。沒想到對方看到他，立刻鬆了手，關心的問：「小弟，會不會痛？你要不要緊？」

「我沒事啦！而且我也不是小孩子。」紅龜仔沒好氣的回答。

「怎麼不是？」廖添丁蹲下身子，當他看到紅龜仔那張「大人臉」，忍不住笑了起來：「真的不是！失禮失禮。我沒什麼錢，不過為了向你賠罪，我可以請你吃一頓飯。」廖添丁很熱情的邀請。

一股暖流溫暖了紅龜仔的心，他從來沒有被這樣對待過，別人不是怕他、討厭他、詛咒他，就是懶得理他。因為身高的限制，他很不容易敞開心靈和別人交朋友。現在這個年輕人竟然很自然的對他伸出友誼的手，紅龜仔當時就決定，要和這個人同甘共苦。兩人越聊越投機，紅龜仔提議結拜：「我叫你大哥！」

「那怎麼行？你比較年長！」

「不要啦！我被你捉個正著，還好你大人大量不計較，叫你大哥是應該的。」紅龜仔堅持著。

從那時候起，兩人就結伴同行。在功夫上，廖添丁略勝一籌。如果有人想找麻煩，通常是廖添丁護著紅龜仔。但紅龜仔畢竟多吃了幾年的米，他的觀察力和判斷力比較周全，正好補足了廖添丁的年輕氣盛。紅龜仔還把自己扒竊的絕技傳授給添丁，起初，廖添丁說什麼也不肯學：「我爸我媽要是看我做賊，在地底下都會爬起來罵我。」

「你怎麼那麼死腦筋啊！偷東西是不好，但是偷惡人的東西，懲罰懲罰有什麼不好！」

「可是……」

「現在日本人掌權，有錢的惡人總是能逍遙法外，被欺負了有誰替你說話？你的武功那麼好，能隨便找人出氣嗎？能動不動就傷人殺人嗎？偷偷東西，讓惡人破財，不是大快人心嗎？」

這番話完全說到廖添丁的心坎中。幾年前，秀水　的周姓保正要大家負擔養豬勞軍役，換句話說，每家要在年初領一頭豬回家養，到年底交回。這個宣布引起大家的不滿，鄉下地區的人有句話是這麼說：「富人莫斷書，窮人莫斷豬。」豬可是農家的寶貝，養肥了都捨不得殺，哪有平白為別人養豬的道理。

「我不管，反正大年初五來公社領豬，不來的人直接收一千元！」周保正冷酷的作結論。

道高一尺，魔高一丈，領了豬之後，周保正常帶著日本官員到各家去視察。奇怪的是，豬仔總是長不大，有時還會縮水。面對日本官員的質疑，農民總是很無辜的辯稱：「我有餵啊！可是豬就是不肯肥啊！」或者說：「最近豬仔一直拉肚子，才會瘦一圈啊！」豬的成長速度慢得太多，日本官員狠狠的瞪了周保正一眼，害他坐立不安。

其實，在農民領回豬仔時，阿旺伯就想到對策。大家聯合在竹林後的山凹挖個深深的土坑，這裡非常隱蔽，日本人絕對想不到。每當哪家的母豬生了，阿旺伯就通知大家，把養得差不多的「日本豬」放到祕密土坑養，再把初生的小豬拿回去頂替。土坑的豬越來越多，「日本豬」才會永遠養不大。阿旺伯的計謀是為了大家，每個人都嚴守祕密，大家輪流去餵土坑裡的豬，都非常的小心。

老是捱日本人罵的周保正從村人口中探不到什麼消息，就派人盯著進出村子的人。羅家的雙胞胎兄弟，正提著豬食要到土坑時，就被盯住。他們非常機警，沒有照原路到土坑，反而兜了一大圈又繞回村子。兩兄弟才十歲，提著這一大桶東西，手酸了，力也乏了。周保正故意走近碰一下，兩人手一鬆，大半桶的豬食打翻，弄髒了周保正的衣服。

「大膽，先把他們抓起來打。這是山東府綢，有錢都買不到，你拿什麼賠？我去找你老爸理論。」

周家的家丁像對待犯人一樣綁起兩個小孩，一路拉扯著來到羅家門口。小孩被這樣折騰，哭得眼淚汪汪，羅家夫婦心都碎了。周保正冷笑的說：「他們提著豬食不回家餵豬，村裡村外繞來繞去，究竟在變什麼把戲？說！你們要餵哪裡的豬！」

「大人啊！小孩子愛玩啦！做事拖拖拉拉的，我叫他們餵家裡的豬啦！放了他們好不好！」

「笑話，說放就放！你以為你是誰？你家不是只有兩隻豬嗎？哪裡需要這麼多餿水豬食？如果你的豬每天都要吃這麼多，哪還會長不肥？你前次不是還說，家裡連人吃的東西都沒有，所以沒有多餘的東西給豬吃。現在怎麼有這麼多東西？說！到底怎麼一回事？」周保正的一串話，把羅家夫妻問得張口結舌。

看到羅家夫婦答不出，周保正更確定心中的疑惑。他打了兩兄弟好幾個巴掌：「快說，你們原來要去哪裡？」四周圍觀的人全捏了一把冷汗。好在兩兄弟也知道事情的輕重，不管捱了多少打，還是咬著牙說：「阿爸阿母叫我們回家餵豬啊——」

「餵豬？好！看來你是不肯說實話。」周保正吩咐他的手下：

「剩下半桶拿過來！」他抓住兩兄弟的頭，猛力按進桶裡：「豬吃剩的讓你們吃，這麼多是給你們家的豬吃的？我就不信。」

兩兄弟悽厲的哭聲劃破黑夜，大家都束手無策。

「等一下！」一個清亮有力的聲音響起，長得高高壯壯，十五歲的廖添丁站出來，義正嚴詞的指責：「你是大人，用這種方法對付兩個小孩子，你有沒有良心？」

周保正一愣，一不注意，兩個小孩從他手中溜走，哭泣的回到父母身邊。

「犯錯就該罰！誰都一樣！」

「羅田、羅地並沒有犯錯啊！他不餵自家的豬，要餵哪裡的豬？這個道理很容易想，連三歲小孩都知道。你堂堂一個保正，卻想不透，你不是比三歲小孩還不如嗎？」

周保正想好好發威，可是當他看見村民的眼睛，全都噴著怒火，全都是輕蔑怨恨的眼神，一時之間心虛起來。他訕訕的調走人馬，拋下身後的噓聲離開，他把這筆帳記在廖添丁的頭上。

隔了半個多月，添丁正在師父的麵攤上忙時，大弟著急的來找他：「哥，不好了！媽被馬踢傷了！」

「怎麼會？」

「今天，周保正的人帶著好幾匹馬，在我們的田地上奔跑，把許多種得好好的菜都踏壞了。媽上前理論，就被其中一匹馬踢傷。」

「有沒有怎樣？」

「現在情況還好，阿善師和榮琴姐去看過了。糟的是，周保正不知道從哪裡拿到一張借條，硬說阿爸很早前把地抵押給他，現在他要收回。哥，我們怎麼辦！」

「這其中一定有問題。阿爸從來不曾拿地來抵押，他看那塊地就像他的命一樣。你叫媽安心，我來想辦法。」

大弟走後，廖添丁向師父說明，打算隻身到周家談判。他一點也不怕：「有理行遍天下，無理踏不出庄，我就不信有人能把黑的硬說成白的。」

「我陪你去，添丁，要沈住氣啊！」

「謝謝！我會的。」添丁感謝這個待自己像兒子的師父。

師徒兩人敲了周家大門，周保正虛情假意的請兩人喝茶，不主動問他們來的原因。王七七好整以暇的飲茶、看字畫，和周保正談些有的沒的。廖添丁卻心急如焚，他不能明白師父的用意，從早上一直到中午，都還沒說到重點。當周保正推滿笑容的問：「兩位等一下留下來吃個午飯吧？」

「好！」

「不！」

添丁和師父差不多同時開口。添丁把師父平時的教誨全忘了，他咄咄逼人的說：「我們不是來喝茶聊天吃飯的，你應該很清楚。我爸爸沒跟你們借錢，也沒把地押給你，這點你也應該很清楚。」

「是這樣啊！我叫我兒子來告訴你。」周保正把自己的兒子周剛叫出來。這個周剛平時就性子暴躁，風評很不好。他揚著手上的單子說：「這是你老爸的借據，當時他看上了一個姑娘，想拿些東西討好人家。偏偏你們家又沒什麼值錢的……可惜他這個風流鬼，贖了人家又來不及享受，天底下還有比這個更可憐的事情嗎？哈哈！」

這種輕蔑的話，添丁聽得失去了理智。父親是他最敬重的人，絕不容許別人言語詆毀。他沒有考慮到，這正是周保正設下的圈套啊！

添丁顧不得師父的勸阻，重重揮出一拳，打得周剛應聲倒地。

「造反了造反了！你的功夫這樣了得，一定是亂黨！怪不得連我的話也不肯聽，我要告到官署去！剛兒，你醒醒啊！醒醒啊！」周保正順勢的呼天搶地。師徒兩人退出周家。

「添丁，你真是太衝動了！平常我沒教你嗎？哎！你快逃吧！亂黨的罪名很重，我看保正就是想抓住你的把柄，你快走吧！」

添丁連夜逃走。

果然，第二天日本官署就派人來捉拿亂黨，甚至把受傷的王足和師父七七都捉去問訊。官署逼著兩人非供出添丁的下落不成，動用了各種殘忍的刑求。王足很快就一命嗚呼，王七七在一次提訊時掙脫枷鎖，至今下落不明。有人說王七七逃到山中，成了「山大王」。也有人說王七七終於回到廣東，與家人團聚。

廖家的草屋在一個夜裡被火燒光。奇怪的是，屋裡沒有屍首，添丁的弟弟妹妹都不知去向。

添丁在隔了幾個月後才得到消息，他一邊聽一邊掉眼淚。當他聽到連情投意合的榮琴也成為犧牲品，忍不住放聲大哭。

是命運捉弄人吧？原來只想平凡過日子的廖添丁，開始過著和平凡人截然不同的日子。

四、義助鐵國山

從北部風塵僕僕的南下，廖添丁和紅龜仔來到了台中，雖然兩人化了妝，看起來和平時完全不一樣，但添丁發現路上警察特別多，直覺有什麼事將發生。

紅龜仔藉故和茶屋的老闆攀談，老闆大驚小怪的問：「你們不知道？那你們準是外鄉來的。」

「是是是，從秀水庄來的。」

「最近有人傳言，廖添丁要大鬧日本官廳。也不知道是真是假，現在這些日本仔緊張得要命。哪家晚上要留宿外來客人，都要到派出所報告。進進出出的人也要經過仔細盤查。咦？你們進城時沒人問你們嗎？」

「有啊有啊！」紅龜仔虛應著。以他們的喬裝術，一般人還不容易看得出來呢！紅龜仔警覺一定有人冒用了廖添丁的名號。所以趕緊告訴添丁。

「為什麼呢？我的招牌有這麼好用嗎？」

「大哥，這件事很奇怪，我們一定要防著點。上次那個陳勇成不是住在這附近嗎？我們要問一下比較保險。」紅龜仔一向考慮得比較周到。

「也好！陳大哥講義氣，人面又廣，應該可以知道事情的真相。」

陳勇成是台中市的名人，他長得又高又壯、武功又好，家裡又有錢。他用開賭場賺的錢，造橋鋪路、救貧濟困，也用這筆錢，養了一大堆「兄弟」。那一队，紅龜仔和廖添丁在台中市最豪華的酒家吃飯，陳勇成也有一班小兄弟恰巧在場，雙方一言不合，立下戰帖。好在陳勇成不是一個莽夫，雖然很氣惱有人敢在自己地盤撒野，也帶領大批人馬來到酒家，但看到那兩個被手下說得膽大包天的人仍優閒的留在原位，心裡就另有了盤算。陳勇成看的人多了，能有這種優閒的神情，一定是心裡頭清清明明才有，如果剛才真有挑釁，這會兒臉上也該有憤恨輕蔑的神情啊！儘管手下在旁鼓譟，陳勇成還是做了手勢制止。他沈下臉問前來報信的手下：「真的是你們在吃東西時，有人來掀桌子嗎？真的是這樣嗎？」

那個被問到的手下，畏縮的低下頭。

廖添丁站了起來，拱拱手打了招呼：「我們初來乍到，不懂你們的規矩。剛才這位說我們坐的是他的桌子，硬要我們讓位。只是，東西吃了一半，斷斷沒有拿著盤子換桌子的道理。他硬要我們走，我只好奉命陪他過兩招。得罪的地方，請多多包涵。」

陳勇成用眼光掃一下自己的手下：「土霸王也要講道理，你們不要打著我的招牌做壞事，我也要面子！不然，人家說我放任兄弟打家劫舍，我還要混嗎？」

在陳勇成心裡，開賭場不是壞事，只是謀生的方法。大門一開，願者進門，不是惡意的欺騙，這和招搖撞騙、殺人放火是不同的。

看到陳勇成這麼講道理，廖添丁打心底佩服。所以當陳勇成邀他到家中小坐時，他馬上答應。兩人互報姓名，有惺惺相惜的感受。陳勇成曾建議：「添丁老弟，你不如待在我這裡，我和日本仔的關係也很好，他們不敢動你。」廖添丁含笑婉拒。寄人籬下是多麼不自由，再說，自己還可能拖累別人呢！那一次，吃過了飯，兄弟兩人就向陳勇成道別。陳勇成拍著胸脯說：「添丁老弟，任何時候你來找我，我都會盡全力幫你，咱們後會有期！」

地球是圓的，果真是後會有期，當添丁敲陳家大門，陳勇成看到他們時，高興得鼓掌。

「我們正想找你！這一次，非要你來幫忙不可！」

看見陳勇成那樣激動，添丁只好先按住滿腹的疑問。

「你聽過鐵國山嗎？」

「知道，知道。那不是在雲林大坪頂上嗎？我聽說斗六廳長松村雄之竟使出兇狠手段，連續七天殘殺百姓。難道鐵國山已經全軍覆沒了？」

「不是的。鐵國山的首領簡義被稱作『九千歲』，他和勇將柯鐵都還毫髮無傷。這一兩天，逃到中國大陸的抗日勇將林李成、蘇力等人，已蒐集到一批武器，想運到台灣給鐵國山。武器今夜會從梧棲港登陸，但這一段路路途遙遠，添丁兄，我想請你幫忙護送這批槍。」

「好，我一定盡力，不過你要派幾個手下給我。還有，我怎麼聽說，有人要大鬧日本官廳？」

「喔！那是我們故意放出去的風聲，多虧你在北部那幾樁案子幹得漂亮，現在日本人一聽到你的名字就頭痛。我們想到借用你的大名，讓日本人分點神，沒想到還真管用呢！哈哈——」

知道了真相，廖添丁也跟著笑了起來。闖蕩江湖的日子，誰也不知道，什麼時候能再像這樣把臂言歡呢？

林李成轉交的軍火，共有長短槍五百支和兩萬發子彈。這兩艘漁船在海中打著閃光，一行人就開始行動。梧棲分駐所有四、五十名警力，陳勇成趁他們吃飯時混進餐廳，先在味噌湯中加點迷藥。等藥力發作，幾個弟兄將警察細成一串「串燒」，並順便取走分駐所的彈械。有了武器，要制服海防部隊的衛兵，就更容易了。

從傍晚開始行動，到了午夜，兩艘船就靠了岸。陳勇成設想周到，他調來好幾輛牛車，每輛牛車上有兩副薄棺，棺材裡躺著剛從沿途新墳挖出的屍體。廖添丁跳上船，看到船上滿是一模一樣的棺材，嚇了一跳。

「人死為大，即使是日本人，也不敢輕易褻瀆死人。這是掩人耳目的做法。」船主向廖添丁解釋。

「對，等一下我們把裝死人的棺材混雜在裝武器的棺材中，再分成三路送上鐵國山。即使有一支隊伍被發現了，也不會誤了鐵國山的大事。」陳勇成說出自己的計畫。

紅龜仔看了看棺木，有點不放心：「這麼薄薄的棺木，東西放在裡頭安全嗎？我們要不要找好一點的棺木，比較結實？」

「這是特意安排的。我們扮的都是尋常的老百姓，想一想，一家人一下子死掉十多口，哪有錢買上好棺木？」

清晨，廖添丁和紅龜仔帶領的這批護槍隊伍，已經出了台中縣境，來到雲林。人面廣的陳勇成，派給廖添丁的手下，有的裝成孝子、孝女，有的裝成和尚、樂師。一路上吹吹打打的，十分引人注目。路人紛紛停下腳步，觀看這家人是怎麼搞的，一下子死掉十多口人？連警察也上前盤問：「這是什麼人家？發生了什麼事？」

紅龜仔一把鼻涕、一把眼淚的說：「大人啊！這是我堂哥的表叔的大姑一家人，真慘啊！全家死光光，連哭的人都沒有啦！」

「怎麼回事？」

「還不是倒楣？他們一家人過了盛暑之後，不知怎麼全身都長疹子。有人介紹說吃癩蝦蟆燉黃連可以治好，一家人高高興興的捉了十多隻癩蝦蟆，花了好多功夫燉了一大鍋。本來以為吃了就好，誰知道……」紅龜仔的哭相噁心，他把鼻涕擤了又擤，看得警察一陣反胃。

「好了好了，快走吧！」警察嫌惡的擺擺手。

一路上，大多是紅龜仔的「哭功」奏效。扮成道士的廖添丁，一邊搖著鈴，一邊胡亂的念著咒語，一邊仔細搜尋附近可疑的人物。這一行冒牌的送葬隊伍，不但不走偏僻的小路，反而專挑大路光明正大的走。廖添丁判斷，在一般的市街上走，比較不會讓人懷疑。就算警察懷疑，在大街上要隊伍停下來，再開棺檢查，是多麼麻煩的事！只要給警察一點紅包，大多能順利通過。可是，在要往大坪頂的山路上，一行人看到七、八個荷槍實彈的憲兵，忍不住顫抖起來。

「不要怕！大家不要怕！」廖添丁低聲為大家打氣。

紅龜仔又表演一次一路上說了十幾次的台詞，他仍然唱作俱佳，但這批訓練有素的憲兵，不是這麼好打發的。

「剛才有消息傳來，梧棲分駐所和海防隊有狀況發生，我懷疑你們的棺材藏有禁品！」

「冤枉啊！棺材就是裝死人的，難道它還能裝什麼！」

「那你為什麼對死亡的原因那麼清楚？」

「我當然清楚啊！那一天我正好到他們家，他們還要請我吃蝦蟆湯呢！」

「你為什麼不吃？」

「我許了三年吃素的願，現在還沒滿啊！蝦蟆也是葷的，我怎麼能破戒！」紅龜仔的那兩片嘴皮子，真是見人說人話，見鬼說鬼話。

「不管你多會說，上面有命令，只要是可疑的人物，就要嚴格盤查——」

「大人，隨便開棺對死者不敬，會招致不幸啊！再說，如果是假的，我幹嘛花錢請這麼多人來送葬啊！」

「少廢話，閃！」憲兵隊長衝到第一台牛車前，在前面的廖添丁仍然微閉著眼睛搖鈴念經。

「停——打開一副來檢查。」隊長很有威嚴的命令。

只是，打開那一副呢？一行人雖然繼續哭泣、誦經，但已經緊張得幾乎要窒息。隊長環顧四周，很得意的笑著說：「你們一定以為我怕麻煩，不敢一個個檢查？來人啊！撬開第一個。」大家心頭的石塊放了下來，最上面的棺材，就是預備好的，裝入死人的棺材。三名憲兵撬開了一條縫，就有一股屍臭噴出，他們咬著牙把棺材蓋子卸下，裡頭有具半腐女屍。紅龜仔激動的湊近：「大姨婆！大姨婆！嗚……」憲兵各個掩鼻皺眉的，紅龜仔這種「至情至性」的表現，恰如其分。

「再檢查，一個一個檢查！」隊長毫不通融。

陳勇成手下扮成的孝男孝女，很有默契的提高哭聲，再加上紅龜仔伏在屍首前的傷痛模樣，隊長有點遲疑了：「再檢查……再檢查一個好了。」隊長隨手一指，指著放在底層的一具。看來連老天爺也來助一臂之力，隊長不偏不倚，指的正是混在其中，真正裝死人的棺材。這具是個比較年輕的男屍，紅龜仔又湊上前哭喊著：「小表哥！小表哥！」撬開的兩具棺材都是貨真價實的「死人」，憲兵隊長終於收起了疑心，揮手要他們離開。一行人正要邁步，隊長卻又大喝一聲：「等一下——」

又有什麼問題？該不會是被發現破綻了？

「你說要到哪兒去了？」

「他們在不遠的半山上有個墓地，我要送他們回老家。」紅龜仔說時還抽抽答答的。

「那好，這一路上都是小路，沒什麼人，你們也不要再吹吹打打做給別人看了。屍體那麼臭，趕快送到墓地埋起來，不然會有傳染病。」

「好的，謝謝大人。」大家忍著笑，聽紅龜仔裝模作樣的道謝。

這一天，從台中聯外道路，一共發現三支浩大的送葬隊伍，都是急症死去的。日本軍警雖然接到通報，但仍然被這批化整為零的護槍隊耍了一記。他們順利的把所有的槍枝彈藥，送到坪林山上的簡義和柯鐵手中。

鐵國山義民軍有了武器，和日軍展開一次次的激烈戰爭，有好幾次成功的痛擊日軍。即使到最後，簡義被誘降敵，柯鐵也上當受降，從鐵國山出來的抗日分子，仍然活躍於整個中南部，讓日本人無法高枕無憂。

添丁和紅龜仔忙過這一趟，並沒有回陳勇成的豪宅慶功，他急著回家，父親的忌日只剩不到半個月了。完成了這件義舉，走在路上，兩兄弟的心情特別的好，不時相互打趣，一個說：「紅龜仔，堂哥的表叔的大姑，要怎麼稱呼啊？你怎麼想出來的？」

一個說：「大哥，我看你做師公也很適合，居然可以念出那麼長串的經文，不簡單哦！」

做了一件自己覺得很有意義的事，兩人的心情有著難得一見的輕鬆。

五、回鄉

雖然為了鐵國山的事耽擱了幾天，但是廖添丁仍然準時趕回秀水庄。抬頭看看半圓的月亮，現在差不多是初七、初八吧！廖添丁想到以前的日子雖然苦，但一家人總是能在一起，現在呢？哎！

「添丁大哥，你又想起了什麼？」

「我是看到月娘，想起我娘。以前我們兄弟姊妹多，各個嘴又饞，過中秋時，我娘可要忙死了。她手藝好，用地瓜就能做出好吃的餅。我們不曾吃過什麼紅豆啦，蓮蓉啦、松子啦，就愛吃地瓜餅。」

紅龜仔知道，只要提到家人，他這位平時豪邁的兄弟就會牽腸掛肚，旁人再怎麼安慰也是沒用的。他抽動著鼻子，誇張的說：「我好像真的聞到地瓜餅的味道。現在差不多快中秋了吧？我們到　裡的大街繞一繞，買幾個餅來吃好了。」

「別急別急，我們要先去看看榮琴的師父。」

當年，廖添丁還在師父店裡幫忙時，阿善師是店裡的常客。阿善師雖然年紀超過一百歲、眼睛又瞎了，但武功仍然十分高強。尤其他那雙敏銳的耳朵，可以聽出四面八方的聲音，他出手又狠又準，完全不顯老態。阿善師看待王七七像子姪輩，再看廖添丁就有祖父和孫子一般的憐惜。所以，當阿善師把榮琴介紹給添丁時，其實是有很深的期許：「添丁啊！榮琴是我最小的女弟子，是個沒爹沒娘的孩子。這些年多虧她照顧我，你要好好待她呀！不要讓她受委屈呀！」這一番話讓兩個年輕人紅了臉。添丁他也有這樣的計畫，再等兩三年，有了足夠的資本，就把榮琴娶進門。誰能料到，當自己躲避奸人的陷阱遠走他鄉時，周保正神通廣大，向日本督軍建議，要日本人來娶這位「鎮上最美的姑娘」。

榮琴當然是不答應。日本督軍用最卑劣的手段，在半路上押回榮琴，不知道餵榮琴吃什麼藥，她整個人暈暈沈沈的。日本督軍強娶了榮琴，阿善師率眾抗議，但連榮琴的面都沒見到。榮琴像空氣一樣的消失，事隔半年多後，她才再回來找阿善師，並且交給阿善師一個包袱。第二天，督軍府就傳出四夫人去世的消息。阿善神這回沒去抗議，他紅著眼，設法托信給四處流浪的添丁：「榮琴被日本人逼死，務必回來一趟！」口信輾轉又傳了大半年，才傳到添丁耳中。添丁有太多太多的疑問，為什麼日本人總是不放過他摯愛的人呢？

來到阿善師的中藥鋪，廖添丁的腳步竟有些躊躇。

阿善師根本不給他好臉色：「好好的榮琴託給你，你還我什麼？

連屍骨都收不到，你算是真心對她嗎？……」阿善師罵了大半個時辰，添丁腿都跪痠了，他虛心領受，如果一頓罵可以換回家人的生命，那他寧願承受十倍的痛罵。紅龜仔適時的打圓場：「添丁在外面也是不得已的，他有努力打拚啦！這個時機不好，外人都欺負到家門口，添丁有教訓那些畜生啦！」也許是罵乏了，阿善師臉色和緩了些，點上一筒煙，喝了聲：「別跪了，看了就煩。」

「老師傅，添丁不是無情無義的人，我剛認識他時，他就提到榮琴姑娘，老是掛記著要給人家一個交代。可是您也知道，日本人布下天羅地網要抓他，他只好居無定所的漂泊。後來聽到榮琴的事，他說什麼也要趕回來。他是有心的，不是無情的，您不要太責備他。」

阿善師凝重的臉色又更舒緩些，兩個深陷的眼窩子，瞪著添丁：

「我聽了些你的傳聞，看起來，你的武功又更長進了？」說時遲，那時快，阿善師的水煙管化成武器，直刺向添丁的雙眼，那攻勢是凌厲而毫不留情的。廖添丁幾乎是同時有了反應，右手食指和中指牢牢的捏住煙桿，左手也出招阻擋：「得罪了，阿善師！」

「很好！哎！真的是榮琴没福氣。哎！添丁，你這番身手，難道只為了闖空門盜財物嗎？」

聽到阿善師的語氣，添丁也知道，阿善師對自己的「賊仔」名聲，頗不以為然。就像當時紅龜仔要傳授「絕技」時，添丁自己也是很難接受。

「阿善師，日本人來台，最樂的就是那些御用紳士，他們仗勢欺人，實在可惡。我也曾想到，乾脆把這些漢奸走狗一刀解決，但想到他們也有無辜家人，才會用『偷』來警告他們。」

「你想得真的比較遠了，添丁，榮琴一定很高興，你們的兒子有是非分明的阿爸！」阿善師欣慰之情揚溢臉上，添丁聽了這一句話卻有如五雷轟頂，楞在那兒。

「我告訴你吧！榮琴被強押進督軍府，本想以死明志，但她發現自己已經有了身孕，是你們的孩子。為了這個孩子，她忍辱負重的留在裡頭。等孩子出世後，她偷偷把孩子送出來，那時的她，已經一心求死了。」

「真的？真的？孩子在哪兒？」添丁淚流滿面，非常激動。

「孩子我不方便親自照顧，還有，你是個漂泊不定的人，有了孩子，要想得更遠。畢竟，這是榮琴用性命換來的小孩。」阿善師轉頭吩咐僕人：「你請阿良嬸把孩子抱過來。」

隔了一會兒，一個略微肥胖的中年婦人帶著一個小孩來，小孩一歲多，邁著不太穩的步子，一臉的稚氣。婦人對小孩說：「阿六，看到阿善公要怎麼樣?阿媽教過你的哦!」

「阿善公吃飽沒?」小孩恭敬的說。這句天真的話,把大家都逗笑了。

「阿六仔乖,你有沒有聽爸爸媽媽的話?有沒有聽阿媽的話?」

「有,但是媽媽不乖。」小孩一本正經的投訴。

「咦?」

「媽媽偷吃我的仙楂糖。」小孩的話,又引起一陣輕笑。添丁仔細的看看眼前的小男孩,這個孩子的濃眉大耳,活脫脫是榮琴的模樣。那結實的身形,就是遺傳到自己了。他和榮琴有子嗣了!當時榮琴的濃情蜜意,現在又一一浮現眼前。他的心充滿了感動,偉大的榮琴,為什麼不能再多等一會兒呢?無論榮琴受了什麼樣的屈辱,他都可以毫不介意的全盤接納,榮琴為什麼這麼想不開呢?他伸出手,溫柔的看著眼前粉雕玉琢似的小孩：「阿六是吧？我是你——」

阿善師做了個制止的手勢，接著說：「阿六，叫阿叔。」

阿叔？添丁會意不出來。

「阿良嬸，不好意思，叫你帶孩子過來。我這個遠房姪子真臭屁，說他的兒子多可愛多聰明。我就想哪有比阿六更伶俐的？你看，現在說不出話來了吧！」

添丁訕訕的笑著，他真的弄糊塗了。

「不好意思，阿善師就是會誇獎別人。少年仔，你的孩子多大啦？」阿良嬸熱情的問。

「差不多……也……這麼……大！」添丁困難的擠出話來，他看著阿六，心裡有一種撕裂的痛苦，好像眼睜睜看著一件自己的寶物被人奪走。

「一、兩歲的孩子怎麼樣都讓人疼。不過，說真的，阿六真是乖巧伶俐，真想不透，他的父母為什麼要把他丟掉？這麼好的孩子養起來一點也不費事啊！」阿良嬸憤憤不平，她的眼光總是慈愛的落在小孩身上，就和一般寵愛孫子的祖母一樣。

丟掉孩子？添丁心中滿是疑問。

阿良嬸走後，阿善師彷彿洞悉添丁心中的錯縱複雜，不等他發問，就自顧自的說：「榮琴生了孩子，還沒滿月，就帶著孩子來找我。大家都知道我是榮琴的師父，也都知道你們兩人的關係非比尋常。我老了，萬一有人找上門，恐怕有一天難以應付。與其這樣提心吊膽，不如永不相認！」阿善師有些無奈。

「所以，你就把他丟給別人養？」

「那你要怎麼辦？帶著嬰兒躲避日本人的追趕嗎？還是在孩子好

不容易看到了爹，你又一去三五載才回來？阿良嬸的人品我信得過，她媳婦好幾年都沒生，也能把阿六看成自己的孩子。不要逞強吧！孩子就算跟著你姓一聲廖，如果不能平安順利長大，有用嗎？」

阿善師的話讓添丁啞口無言。他不曾是個負責的丈夫，現在又不能當個盡職的父親，他覺得好懊惱。

「添丁，看開點。台灣囝仔，台灣人養。只要阿六平平安安，不就好了？我想榮琴也是這麼希望的。你放心，我會看著阿六的！」阿善師的盲眼，彷彿透著光芒。添丁什麼也說不出口了，畢竟，阿善師什麼都考慮到了，要怪，就怪這個時代。

休息了一天，添丁和紅龜仔到父母親的墳前。父親死時，是他和母親親手掘了墓穴，含淚把操勞一生的老爸埋葬。墓地在偏遠的山凹中，他曾帶榮琴來看過。那時是以「介紹準媳婦」的心情，現在，他立在幾乎和人一樣高的芒草林中，只有悲涼蕭瑟的傷感。

沒有整理的墳地，害他幾乎找不到。好不容易，在亂草中看到父母親那兩塊小墓碑，他更是心酸了。添丁沒有準備貢品，他簡單的點起香，長跪在墓前。香煙裊裊，他好希望父母親能聽到他心底的話。

「阿爸阿母，我發誓一定要報仇，一定要把害我家破人亡、妻離子散的惡人抓出來，請保佑我。也請保佑阿六仔，讓他平平安安，讀書讀到狀元。千萬不要像我一樣，在刀口下討生活……阿爸阿母，你們安心吧……」添丁喃喃的念著，他的心中塞了太多的悲傷，眼淚也流了滿臉。坐得遠遠的紅龜仔，想到自己也是獨自一人，甚至連後代都沒有，也忍不住鼻頭發酸。

六、孤臣孽子

一群山雀飛起，好像被什麼驚擾。紅龜仔豎起耳朵，他察覺到有人踏在枯枝落葉上的聲音。是什麼人，會來這樣偏遠的山上。「添丁哥——」紅龜仔提出警告，那邊的廖添丁已一躍而起，躲過一支來勢洶洶的飛刀。

「廖添丁，今天你就可以去見你老父老母了。」那人提著一把大刀，像頭野獸一樣衝過來。

「你是誰?這麼囂張?」廖添丁左閃右躲，他並不怕死，只是不想死得莫名其妙。

「我叫川島一夫，是為了我師兄三浦小山報仇來的。我師兄奉令來刺殺你，卻被你羞辱一頓，害他切腹自殺。師兄對我恩重如山，我非報這個仇不可。」

廖添丁想起來，他的確曾和一個日本武士交手，後來他把對方剝個精光，五花大綁扔在派出所前。那個人就是三浦小山嗎？

「是你師兄臉皮薄，男子漢大丈夫，留得青山在，不怕沒柴燒，我根本沒殺死他。」

「少廢話！我們日本人不是這樣。總之，師兄今天一定會幫助我，讓我取了你的性命回去。」川島一夫冷冷的刀鋒，已經狠狠的劈過來。廖添丁看他的刀是對準左肩，趕緊往右邊跳一大步。沒想到這把刀像有生命一樣，瞬間轉到右邊，幾乎封住了廖添丁的退路。刀面涼涼的刮過，廖添丁起了一股寒意。這個人的身手矯健，又挾著一股復仇的義氣，實在不是容易對付的傢伙。

廖添丁拿短刀，對方拿長刀，在先天上就略顯弱勢。兩人在雜草矮樹間閃躲，找出適當的出手機會。可惜的是，川島一夫的腳步移動快速，閃躲功法無懈可擊。旋轉、前進、躍起、蹲下，一氣呵成，廖添丁的短刀根本無法貼近。

「大哥，我們前後包抄！」紅龜仔吶喊助陣。在川島一夫略微遲疑時，廖添丁已經解下腰帶，利用腰帶的力量，將川島一夫牢牢的綑起來。

「卑鄙！卑鄙！」川島一夫氣得破口直罵。

「你沒聽過嗎？兵不厭詐。你們自己也是這樣啊！收買地主，壓榨百姓，也是利用騙術起家。」看到敵人被制伏，兄弟倆輕鬆的坐在地上，看到川島一夫做困獸之鬥。

「你們的『台灣民主國』，不到兩星期就夭折，台灣還有什麼看頭？連那些仕紳官商都認清了這個事實，你們這些人還有什麼希望？」

「胡說！」廖添丁憤怒的扔過一塊石頭，川島一夫的額角被打傷，汩汩的流著血，卻反常的仰頭大笑。

川島一夫說的事情，廖添丁也略有所聞。甲午戰爭和議成立，預先不知情的台灣人民，事後才知道家鄉已經成為犧牲品。台灣島內以邱逢甲為首的仕紳，先是急電清廷，呼籲萬萬不可放棄台灣。清廷置之不理，在很短的時間，這些有頭有臉的人物，推選唐景崧為台灣民主國大總統，還發一封電報給清廷：「台灣人民，有義節不願向倭國屈服。願意為島國，永遠敬戴大清帝國。」這個民主國的官員大多數是前清官員，連武力也是以前清朝殘兵，混合少數地方上的義民軍為主。民主國雖然向海外各國發布通告，卻沒有任何一個國家表示承認。很快的，民主國成立的第四天，日軍就登陸三貂灣的澳底。

原來被人民深深期待的「民主國防衛部隊」，根本無心打仗，日軍不到兩天就佔領三貂嶺。從三貂嶺向九份、瑞芳、頂雙溪、暖暖、基隆逼進，三天後就佔領基隆港。心急如焚的台灣人民完全傻了眼，沒人準備好要接受日本人的統治呀！

更悲慘的事情還在背後。當台灣北部防線開始潰敗時，敗將李文奎率領捕緝營的殘兵竄入台北城，其他前線的敗兵也退到台北。這些吃敗仗的軍隊，忖度國家不保，領不到軍餉，竟把台北城當成洩憤對象。兇暴的士兵完全不顧及大家都是同胞，燒殺劫掠，無惡不作，台北城像是活地獄。日軍佔領基隆的隔天晚上，傳言證實了，唐景崧和幾位大臣從淡水搭英國亞沙號海輪逃回廈門。大部分的民主國將領和官員，那些曾力主抗戰的仕紳、文武官、大商人、大租戶，也都爭先恐後的逃至大陸。有的甚至捲帶台灣人民捐助的軍餉潛逃，扔下一個爛攤子，讓手無寸鐵的平民百姓去面對。

這段往事，讓台灣人有被出賣的感覺，是相當痛苦的回憶。那些「有錢人」拿著財寶金銀，隨時可以在另一個地方重新站起來。苦的是貧窮農民，所有的家當就是那一塊田，誰能背著田逃難避災？沒逃離的仕紳，很輕易的被日本人收買，好換取安穩的生活。從前的戰友一夕間趾高氣昂，成為統治者的代言人，誰能心服口服呢？廖添丁想起，害得自己家破人亡的周保正，不正是這副嘴臉？

台灣民主國的曇花一現，讓日本人有莫大的成就感。這件事被一提再提，用來瓦解抗日義民的心防。按照日本人的宣傳，連那些讀了書的上層階級，都明白無謂的抵抗是無濟於事的，一般的老百姓何必白費力氣？這種說法或許能說服別人，但絕對打動不了廖添丁。因為他已經失去了家人，再多的尊貴或財富，也換不回他曾經擁有的東西。這輩子，他發誓與日本人、以及日本人的走狗，勢不兩立！川島一夫的冷笑刺痛了廖添丁，比起三浦小山的切腹自殺，那些逃走的仕紳聞人，真是太不要臉了！他們都曾經是台灣人，廖添丁覺得自己彷彿背著他們的恥辱，重得站不起來。

「既然被你抓到，要殺要剮，痛快一點，不要拖泥帶水的。」川島一夫一臉的無懼。

「我偏不！我要向對付你師兄的方法一樣對待你，要將你放在最熱鬧的市街，還要告訴別人你就是三浦小山的師弟。師兄弟倆做出同樣一件愚笨的事，這該是多麼有趣的傳統。」明知這些武士最重自己的名譽，廖添丁卻偏偏說這些讓人又急又氣的話。

「你……你……」川島一夫瞪大了眼睛，說不出話來。

紅龜仔也加油添醋：「我會在你背上畫一隻大肥豬，就算有人不曉得你的名字，也能叫聲『豬太郎』！」

兩人說得正高興，沒發現川島一夫臉上異樣的表情。等到被綑住的俘虜身子一倒，兩人才面面相覷。

「大哥，他死掉了！」紅龜仔摸一摸川島一夫的鼻息，驚訝的叫起來。

「日本人真的那麼愛面子，寧死不屈嗎？」添丁好生感慨。

「這傢伙死得太早，我正想好好折磨他。」紅龜仔踢了踢倒在地上的川島一夫。

「慢點，我們把他埋起來。」

「有沒有搞錯啊？大哥。這傢伙提著大刀要你的命，你還要幫他收屍，那你還報什麼仇啊！」

「你說得沒錯。於公，所有的日本人都是我的敵人，他們強占台灣，使得我失去家園。於私，我卻很佩服這個人的勇敢和義氣。」

「什麼跟什麼，我看不用替敵人收屍了，沒人這麼做的。等一下自然有野狗來，三兩下幫你解決得一乾二淨，又不用動到自己的手。」紅龜仔還是堅持著。

「這你就不懂了，這個人肯為師兄跨海復仇，是個有情有義的人。被捉住了，又能服毒自盡，可見他也是志節高超。我們先不管他是誰，想一想，殺了一個有情有義、志節高超的人，老天爺還會幫助我們嗎？」

這些話終於把紅龜仔說服，兩人挖了一個淺淺的土坑，把屍首抬進去放好。這樣，就不怕野獸來搶食了。廖添丁發現川島一夫的齒列間，有個小膠囊。剛才，他就是把平時藏著的膠囊咬破，迅速的結束自己的生命。其實，廖添丁根本不想致川島一夫於死地。這一路下來，他發現太多見錢眼開、忘恩負義的人。像川島一夫這樣，不為名不為利，只為報答師兄恩情，寧願犧牲自己生命的人，正是他敬佩的典範。如果他不是敵人的身分，兩人或許可以成為好朋友也說不定！廖添丁心中有無限的感慨。

川島一夫被埋在添丁父母的墳前，廖添丁希望川島一夫能在陰間，為日本人侵占台灣的事道歉。雖然没人應答，廖添丁還是想告訴躺在土中的川島一夫：「逃回大陸的並不是真正的台灣人，我們真正的台灣人，一定會堅決反對外來者的統治和剝削。你看著好了，台灣人不是能輕易打垮的。」

事實上，廖添丁的話準確的未卜先知。在台灣各地，零零星星有本地人組軍抗日，為保衛鄉土、保護家人而作戰。在日軍南下的過程中，一直有義民軍阻擋，就算日本政府完全控制台灣後，也不時有人繼續武裝抗日。日本政府花了大筆軍費，費了整整十年，才算勉強澆熄抗日的烈火。

「老大，我們已經埋好日本人了，應該可以走了吧！」紅龜仔催促著。

「好！好！」再看父母的墳一眼，日本人追緝得這麼緊，連一個日本浪人，都能探查到他可能的行蹤。看來，下次來祭拜父母，要更小心一點了。廖添丁在心裡小聲的說：「阿爸，阿母，請保佑我……」

七、搶救米酒配方

廖添丁來到台南，立刻想到貓仔三。貓仔三表面上似乎是日本政府的御用紳士，但私底下常利用自己職務之便，保護台灣人，這也是廖添丁願意和他結交的主要原因。想到台南，紅龜仔就口水直流。

「台南的担仔麵實在好吃，這次，我一定要吃個過癮。」紅龜仔很認真的宣布。

其實，担仔麵只是將一些絞碎的豬肉，加上油葱、蒜頭和醬油炒成肉燥，然後加在煮熟的麵條上。以前的物資很貧乏，整塊整塊的豬肉吃起來太花錢，也沒有多少人吃得起，不知道是誰先想到做成肉燥的法子，一點點肉末就可以炒一大碗公肉燥，連窮人也吃得起。

「好好好，等我們見到貓仔三，他一定會請人，一日三餐都煮肉燥麵給你。」

兄弟兩人來到貓仔三的後門，為了不那麼引人注目，他們不走正門，而走這個堆著垃圾的後門。沒想到這兒早有個老人家，正來回踱著步子徘徊。老人家長得很斯文，穿著鐵灰色的西裝，花白的頭髮，臉上深陷的皺紋，看起來心力交瘁。

「老阿伯，你要找誰？」

「我……我……，我要找貓仔三。你是貓仔三的朋友嗎？帶我進去好不好？」

「你怎麼不走大門？大門自然有人報信，也有人帶路，就不必這麼委屈，要在垃圾堆旁走來走去。」

「我……哎！我就是怕有日本人盯住我，才要這樣偷偷摸摸的。

無論如何，請帶我去見貓仔三。」

一聽到是為了躲日本人，廖添丁立刻義不容辭的拉住老先生的手：「只是要見貓仔三，那簡單，跟我走。」在貓仔三專門用來招待至親好友的小客廳，老人才放了心，慢慢的說：「我叫徐祥。」

「哦——，你就是徐祥啊！這幾天日本人來了不止三趟，說你私藏了日本官府的藏寶圖。當時我才想，如果有藏寶圖給我，我一定趕快去挖，半分也不留給日本人。」貓仔三說。

「不是藏寶圖，如果是別人的東西，我才不會隨便亂拿。根本就是為了這張配方，我阿公從珠江帶來的米酒配方。日本人逼我交出，我才沒這麼沒骨氣。我要去找美國駐台領事館保護，絕不交出配方。」徐祥拿出一張紙。

「老阿伯，不過就是個米酒配方，日本人要，你就給他啊！現在惡人當道，犯不著跟他們起衝突。」貓仔三大惑不解。在那個時候，哪家農人不會釀一兩罎酒？春天，採了桃子就做桃子酒，夏天採了桑葚就做桑葚酒。其他像李子、鳳梨、草莓、小米……大家都曉得，只要加點糖密封，就能做成香醇的酒，這有什麼稀奇。

「不不，你一定不懂。這是我家獨傳的配方，只要用最簡單的米，就能做出又香又濃的米酒。酒味道地，價格又便宜，吃了可以補身子。用上我家的配方，製酒的時間可以縮短一大半。日本人知道配方的好，才會逼我交出。我知道，只要配方一落入日本人手中，他們一定會大量製造，賺取大筆的錢。日本人越富足，台灣人要翻身的機會就越小。無論如何，我都不能把配方流出去，不然我哪有顏面見我的老祖宗。」

一個年邁的老頭兒，都有這麼堅定的決心，廖添丁打心底佩服：

「老阿伯，我幫你，我一定護送你到台北。」

「你是——」

「廖添丁！」

老人臉上露出害怕的神情，猛力的把圖捧在胸口，好像怕被廖添丁搶走。

「徐老伯，你不要擔心。是日本人的緝拿公告把添丁寫得太可怕，其實他完全不是壞人。現在連你這樣的老人家，都被登在緝拿公告上。你說，日本人眼中的壞人，是不是真的壞，你應該很清楚啊！」貓仔三打了圓場。

為了盡快將徐老伯送到台北，三人徹夜商量。

「要不要走水路？從安平到淡水，再從淡水到台北。我有認識的人，非常可靠。」貓仔三提出建議。

「水路是比較不容易被留下盤查，但是，徐老伯一把老骨頭，在船上晃上十多天，你說他怎麼受得了！」

「對，最危險的地方，常常是最安全的。我們坐火車，而且要光明正大的坐上去。」廖添丁越說越興奮。

為了緝捕徐祥，日本總督早就在各火車站張貼徐祥的人像。善於喬裝的廖添丁，把四人裝成一組江湖賣藝人。年紀最大的徐祥，戴上金邊眼鏡，留兩撇小鬍子，拎著一把胡琴。廖添丁和貓仔三穿著唐裝，故意把臉抹黑，好像長年在太陽下表演的人，紅龜仔則擔著一大簍的黑藥丸。

他們四個看起來，和一般的賣藝兼賣藥的江湖人沒兩樣。

登上火車，照例要接受檢查。徐祥的外貌已經被改得連自己也認不得，可是一向保守正直的他，一看到警察走近，兩條腿開始發抖，搖啊搖的，幾乎快昏倒。添丁和貓仔三趕緊上前扶住老人，讓他坐在紅龜仔的竹簍上。

「幹什麼！」日本警察衝了過來。

「我師父年紀大了，身體不好。」貓仔三陪著笑臉。

「你們要去哪裡？去做什麼？」

「我們要到台北，那裡人多，藥比較好賣。」

「賣藥？既然你們有藥，怎麼不給老人家吃？」

「大人，不行啊！」貓仔三湊上前，嘰哩呱啦的說了一堆悄悄話。原來滿臉嚴肅的警察，露出釋懷的笑容，很曖昧的說：「真的？真的有效？」

「真的！我師父自己就是活生生的例子。他服用這個祖傳祕方，七十幾歲還生個兒子！大人，不然我送你幾包，吃好道相報哦！」貓仔三擠眉弄眼，像個勢利的商人。拿了幾包黑藥丸的警察，笑得合不攏嘴，連檢查身分也忘了，四個人順利的坐上火車。

「貓仔三大哥，你是灌什麼迷湯，日本仔怎麼高興成那樣？」

「我只是說，這是徐老伯家傳的壯陽祕方……」

「夭壽哦——」四個人會心的一笑。如果這些一夜間趕出來，混了黑糖、麵粉、香灰的東西是壯陽祕方，那就不會有那樣多人要看醫生了，自己在家混合三、四樣黑摸摸的東西，搓成丸子，不就得了！

四個人在車上放心的聊著，盡量和一般旅客一樣。車子停了幾站，貓仔三赫然發現，不知什麼時候，鐵路旁布滿軍警，難道日本人發現了嗎？

其實，日本人還不知道徐祥化妝逃跑的事情，只是接到前一站一位下車旅客的報告，說車上有人是「廖添丁」。都怪紅龜仔一時嘴快，說溜了嘴，雖然立刻改口叫：「阿水兄」，但已經引人懷疑了。日方研判廖添丁可能在車上，打算到善化站時攔住火車，仔細檢查。為了預防廖添丁跳車逃亡，才會在鐵道旁布置警力。四人沒想這麼多，只想到日本人這麼快就發現了，接下來怎麼辦？徐祥面如土色，早就失去了主張。

「別急別急，我們會經過三門溪。溪水深又長，鐵橋很窄，我就不信日本人連鐵橋上都布置警力。」貓仔三對台南熟，他想出了方法。

聽到要跳河逃亡，徐祥更慌了：「我不會游泳啊？今年又逢水厄，不了不了，我死了算了，這張配方交給你們處理，只要別落在日本人手中就好！」

「不，徐老伯，日本人不是那麼簡單，他不會讓人痛痛快快的死。我們既然說好要幫你，就幫到底。」

「對，大家還是一起走。你不會游泳沒關係，我可以背著你，盡量不讓你吃到水。事不遲疑，我們分批到門邊。」廖添丁安撫著老人的情緒。四人丟下一籮筐的「藥丸」，裝作要上廁所，分別來到門邊。

火車一駛上鐵橋，四個人不管三七二十一跳進冰冷的河水中。岸上的警察看見有人跳水，紛紛朝河面開槍。貓仔三一不留神中了彈，他越游越慢，終於支持不了。廖添丁三人游了一大段，才真正擺脫日警的追兵。三人累得不得了，尤其是年邁的徐祥，嚇得連話也說不出。上了岸，廖和紅龜仔扶著虛弱的徐祥，走到街上，想看看有什麼地方可以休息。

這個庄頭正在慶賀神明生日，熱鬧得不得了。人多，反而沒人注意到這三個外鄉人。三人吃了東西，看到戲棚附近又是警察，有些顧忌：「他們消息傳得太快了，我看我們要去找諸羅山的烏嘴仔了，不然連今天也躲不過。」三個人化妝成廟前乞討的乞丐，紅龜仔還故意伸手去拉那幾位警察的褲袋，被人踢了一腳。摀著肚子，三人趁勢往另一個方向乞討。等脫離警察的視線，兩個年輕人一人一邊扶著徐祥，快步往烏嘴仔家走去。

烏嘴仔雖然是個屠夫，可是心思謹慎，聽了添丁的請求，他一口答應：「要找輛車子送你們出去並不難，只是一站一站都有軍警盤查，除非你能說出有什麼親戚住台北，不然可能過不了關。不如，我們假裝運送親人遺體回台北，檢查的軍警可能會比較鬆懈。」

烏嘴仔和添丁、紅龜仔商量後，決定讓徐祥扮死人，也可避免老人家因為心慌而露出破綻。他連夜備妥草蓆、金紙、香和白布，把迷藥混進端給徐祥喝的熱湯中，等徐祥昏迷假死後，三人把徐祥抬上板車，開始往台北走。

這個夜行隊伍走不到一公里，就遇到日本刑警。當刑警詢問時，烏嘴仔不慌不忙的說：「是我阿伯，台北人，要送回去埋葬。」

「真的，我檢查看看。」刑警拿手電筒照在徐祥身上，只見徐祥面無表情，僵硬的仰躺著。

「怎麼死的？」

「癆病，三天就死了。」刑警聽了，掩著鼻往後退。廖添丁和紅龜仔分別冒充徐祥的兒子和外甥，在車上燒香燒紙錢。三人表演得十分逼真，一站一站的關卡，居然都被矇騙了。在沒有檢查哨的路段，烏嘴仔乾脆揮著鞭子，要拉車的驢子加快速度。

隔天早上，徐祥才從昏睡中醒來。他很佩服這些江湖人，居然這麼神通廣大。徐祥得到美國領事館的保護，也保存了那張米酒配方。要是日本在那時得到這個配方，也許可以靠這賺一大筆錢，也許整個歷史會跟著改變。

看到徐祥安全的達到目的地，廖添丁三人一刻也不敢多停留。他們又要回到台南，參加貓仔三的葬禮。貓仔三這麼講義氣，不管有多危險，都要到他的靈前燒一炷香。

八、神泉

生性慷慨的貓仔三，有一場盛大的葬禮，連日本政府也派人來弔唁。廖添丁誠心誠意的焚香祝禱後，心中也是百感交集。他深深的感受到，人死了就什麼事也不能做了，金棺銀棺的又有什麼用！這陣子台灣到處都有義民軍的零星戰鬥，日本政府風聲鶴唳，哪裡人群聚集得較多，就加派駐守警力。兄弟倆躲躲藏藏十分心煩，所以當紅龜仔提議到廬山洗溫泉，廖添丁馬上贊成。

他們來到日月潭附近，這裡民風淳樸，居民都沒什麼心眼，兩人在小店吃東西時，真覺得像在度假。正輕鬆享受美麗的風光時，一個小孩哭哭啼啼的走進來：「阿姨，阿姨，我肚子好餓，你可不可以給我吃一點東西？」

「阿盛，你怎麼了？又做了什麼事，讓你阿母氣得不給你吃東西？」煮著東西的老闆娘，顧不得爐子上正在煮的東西，很心疼的摟著進來的這個髒兮兮的孩子。

「我沒有做什麼壞事啊！阿母叫我打蚊子，我一不小心打破一個杯子，她就要我三天不准吃飯，用飯錢來賠。」

「可憐的孩子，來來，我煮麵給你吃，你要吃快一點，不然你阿母又派人來抓你，你又有罪受了。」

廖添丁兩人聽了老闆娘的話，再看那個低頭吃東西的孩子，忍不住好奇的問：「這是誰家的孩子，怎麼弄得這麼可憐？」

「哎！他是我妹妹的孩子。也怪我妹妹命薄，當時我妹妹到埔里鎮上的蕭家當女侍，被主人蕭贊看上。我們想，蕭家是地方上的首富，甘蔗田、稻田多得數不清，我這個妹妹雖然當小的，也鐵定不愁吃、穿。我妹妹一年多後，生了阿盛，是蕭贊唯一的孩子，被人疼得不得了。哪曉得我妹妹生病死後，蕭贊也跟著病死，這阿盛落到大媽手中，日子就沒一天好過的！」

添丁看看阿盛，想著自己的孩子阿六，如果養父母生了自己的孩子，不曉得阿六會不會過苦日子？看著想著，眼前的阿盛就變成阿六的模樣。

「這怎麼可以，雖然是侍妾生的，也是蕭家的骨肉，我去跟蕭嫂講一講，將來，她還要指望這個孩子呢！」添丁憤憤不平的說。

一聽到添丁的話，正吃著東西的孩子急得直搖頭：「不要啦不要啦，我阿母會生氣啦！我阿母很會罵人，也很會罰人。你們一去，她不單會罵我打我，還會處罰看守我的阿金姊，你們千萬不可以到我家。」

「好好，你別急，他們不會去的，你快吃吧！」老闆娘一邊安慰孩子，一邊對兩人說：「這孩子心腸軟，就像我妹妹。蕭嫂抓住這個弱點，不單罰他，還連坐罰那些和他一起工作的僕役。蕭家財大氣粗，我看你們就別多事了！」

添丁和紅龜仔點點頭，心裡卻另有打算。

「阿盛，我看你帶水桶出來，你是不是要幫你阿母提水？吃完快一點去，天暗了山路不好走。」

紅龜仔又忍不住問了：「蕭家那麼有錢，為什麼沒在家裡挖口井，要孩子去山上提水呢？」

「這你就不知道了。在蕭家屋後的山上，有一口神泉，終年不竭，冬暖夏涼，水又甜又清。蕭嫂從不喝家裡井中的水，她都叫阿盛到後山提水，一天要提一大水缸。她連洗澡也用這口泉水，皮膚保養得好像二十出頭。」老闆娘語氣中含著羨慕，不過很快的又說：「哎！各人有各人的命啦！蕭家可能祖上積德，才會什麼好事都輪到他家來享受。」

阿盛離開後，兩人付了錢，也跟著走。他們跟在阿盛後面，想看看那神奇的泉水在哪兒，另一方面也想知道蕭嫂到底是怎樣的人。走在阿盛後頭，添丁好幾次想伸手幫忙提水，都努力克制住自己。阿盛才進了家門，裡頭就傳來又尖酸又刻薄的叫嚷：「哎呦！大少爺回來了，這次又找誰訴苦了？提一桶水花那麼多時間。」叫罵聲中夾雜著細竹子揮動的「咻咻」聲，看樣子阿盛又挨打了。隔了一會兒，一個比阿盛大一點的僕役也提著一只水桶，兩人半跑半走的向屋後走去。阿盛暫時有了幫手，添丁他們在蕭家大宅子裡找了一個隱蔽的地方躲著，打算等天黑再行動。

天色暗了，添丁看到蕭嫂睡著，偷偷溜進她的房子裡。紅龜仔在一旁發出啾啾的鬼叫聲，把蕭嫂叫醒。添丁穿著從其他屋裡找到的女裝，把一塊白布遮在臉上，腳步僵硬的接近蕭嫂：「你害……死……我……，跟……我……走……」這一招果然把蕭嫂嚇壞了：「你是月霞？春桃？……還是明花？」一時間，她想不清冤鬼從何而來。這些年來，蕭嫂藉著各種名目，逼死了好幾個奴婢。反正蕭家有的是錢，人在宅子裡發生意外，她就拿出對她來說有如九牛一毛的錢來擺平事情。那些死了兒女的窮苦人家，一來沒有餘力來爭取，二來也心灰意冷，誰鬥得過蕭家？所以事情總是不了了之。夜闌人靜時，也是蕭嫂意志最薄弱的時刻。她心中有鬼，嘴裡喃喃的說：「請你回去，我明天一定給你燒很多紙錢，讓你在陰間享用不盡。」

「我不要……明天，我現在就要……你給我銀子……我自己去買金紙……」添丁仍然裝成鬼聲，他不想花太多時間翻箱倒櫃，最好蕭嫂自動說出財寶藏在哪兒。蕭嫂果然中計，顫顫抖抖的移開八角床上的一塊木板。真是個守財奴，竟然日日夜夜睡在家產上頭。一知道東西放在哪兒，躲在一旁的紅龜仔立刻伸手在蕭嫂頭上一拍，蕭嫂昏過去了。兩人拿走了裡面的金銀財寶、房地契、借據，迅速的離開蕭家。他們按地址，把每張借據連同一點財物，包在芋荷葉中，丟進債戶家中。做完這件事，兩人心情好輕鬆，看看天快亮了，忙了一夜，全身汗臭味，就想到蕭家的神奇泉水邊洗個澡。

這麼早總該沒什麼人吧？那可不，兩人正要上山時，看到四五個憲兵荷槍實彈的守在泉水附近，有兩個穿西裝的人彎腰靠近泉水。先是捧一把水喝一喝，接著湊上前仔細的看。

「博士，這水到底是怎麼回事？」說話的人一轉頭，添丁差點叫起來，那是台中州知事啊！最熱中抓「抗日分子」的知事，怎麼會到這兒？「博士，我幾個月前喝過這口泉水沖泡的茶，真是人間美味！次級的茶葉都可以沖出上等的茶汁，您說，奇怪不奇怪？我知道您是土質、水質專家，你幫我看看，這是一口怎樣的泉水？」

被問話的人年紀比較大，戴了一副眼鏡，他忙著把水裝進試管，然後拿出帶來的工具箱，替每根試管滴進不同的試劑。隔了一會兒，那個人興奮的說：「這口泉水太好了！我剛才喝了還不敢確定，現在檢查了，更可以證明，這口泉水含有特殊的礦物質，非常稀有。」

「太好了！我趕快安排，這口泉水一定要買下來，我們在這裡蓋個酒廠，一定可以釀出最好的酒。」州知事高興的說。

又是酒！添丁想到日本人想偷徐祥米酒配方這檔事，心中一陣嫌惡，他想插手管這件購地案。

日本人一走，兩人痛痛快快的洗了個澡，這時蕭家大宅已經鬧得天翻地覆。蕭嫂昏昏沈沈起來，以為昨晚的遭遇不過是場夢。誰曉得她移開床板後，發現東西都不見了，把一屋子的人都叫來罵：「不把東西找出來，你們一個也別想活！」家裡大大小小的僕役忙進忙出的，心裡非常惶恐。州知事來訪時，蕭嫂也拉著人訴苦。州知事微笑的聽完後說：「房地契掉了，可以再補呀！那些金銀珠寶雖然可惜，我想……對你來說，也不算什麼吧？」

蕭嫂臉紅了，的確，她不單床板下藏了一點東西，院子的大槐樹下、廚房那口大灶下、大廳的神明供桌下，也都有家當，只是沒人知道罷了！

「我告訴你，有人要買你屋後那塊有泉水的地，你看，這不是大好消息！」

蕭嫂眼睛一亮，這個消息讓她又恢復往日的精明，她提出高了三倍的價格：「三十萬怎麼樣？那口泉水是我的寶啊！」

州知事立刻答應下來，並且立刻付出訂金一萬元。蕭嫂覺得自己太幸運了，這三十萬元賺到後，昨夜的虧空差不多就補齊了。州知事一走，又有兩個看起來像暴發戶的男人來，一開口也是：「蕭嫂，我們老闆想買你屋後那口泉水連小山坡，你說要多少？」

「不賣不賣了，真奇怪，那塊地平時沒人聞問，一下子就有兩組人要買，是怎麼一回事？地已經賣給州知事了，我連訂金也收了。」

「契約簽了嗎？」

「我賣三十萬哪！州知事一時間哪有這麼多錢，他回去籌錢啦！」

「蕭嫂，我是生意人，不讓你做虧本生意，我付六百萬，買你那塊地，怎麼樣？州知事出三十萬買地，我訂金就付五十萬怎麼樣？但，你要先簽地契給我們！」

原來這兩個暴發戶是廖添丁和紅龜仔巧扮的。

「五十萬？」蕭嫂想也想不到會有這樣的好運氣，趕緊答應下來。拿到地契，添丁和蕭嫂說：「我們住鎮上的悅來飯館，你可以來找我拿剩下的錢，我們做成生意了，就算交了個朋友。」

添丁算準，日本人不會這麼輕易放棄。果然，下午州知事就在蕭家發飆：「收了訂金，生意就算成了，哪有半途中又把地賣給別人的？你懂不懂規矩啊！你今天不把事情解決，我就把你抓去坐牢，把所有家產沒收，看你怎麼辦？」州知事丟下二十九萬元，給蕭嫂下了最後通牒。蕭嫂知道事情的嚴重性，州知事後腳剛踏出大門，她前腳也跟著出去。她到了悅來飯店，找到添丁兩人，立刻噗通一聲跪下來直磕頭。添丁不為所動：「地契你也簽了，錢也隨時準備給你了，哪有到這個地步還反悔的？我從來沒遇到這麼不講理的賣家！」

「可是……可是……對方是州知事啊！求求你，把地還給我吧！」蕭嫂哭得死去活來的，樣子非常可憐。添丁看時機差不多了，他拿出一粒丸子，捏住蕭嫂鼻子，讓她在毫無防備時吞下。蕭嫂又驚又恐，她不曉得自己著了什麼道兒。

「聽著，地還你可以。但是，你要對阿盛好一點，要把他當成自己的孩子，也要對僕人客氣一點。」

「可以可以可以。」

「日本人買地是為了蓋酒廠，你在簽約時要加上附帶條件，要酒場聘請百分之八十以上的台灣人當員工，增加本地人的工作機會。」

「可以可以。」

「你別以為這件事只有天知地知，告訴你，剛才你吞下去的是『九轉無悔丹』，如果你好好實踐諾言，五年後我會回來給你解藥。不然……」

「不然會怎樣？」蕭嫂眼睛全是驚恐。

「你會從臉皮一直爛到骨頭，死得又難看又痛苦。」

事到如今，蕭嫂也只好接受了。拿回地契，她有氣無力的說：「謝謝兩位大人，等一下我請僕人把錢送來還你們。」

「不用了，就當作給阿盛的教育經費吧！」添丁大方的說，反正原本就是蕭家的東西嘛！這個大手筆讓蕭嫂十分感激，對兩人的話更信服了。

蕭嫂對阿盛和家中僕役的態度馬上改變，起初阿盛還非常不能適應。後來兩人「虛情假意」久了，蕭嫂感受到阿盛的聰明孝順，阿盛也感受到蕭嫂的慈愛關心，兩人有了母子的連心的感覺。埔里酒廠一直都有很多本地人在廠裡工作，出產的酒品質絕佳。添丁胡亂塞進去的一顆黑豆，當然沒讓蕭嫂發生什麼改變啦！因為那只不過是一顆裹了黑糖的麵丸子罷了。

九、盜官印

「什麼？大哥，你真的要做這件事嗎？」聽到廖添丁要偷總督官印的計畫，紅龜仔嚇得從椅子上跌下來。

「對呀！挫挫日本人的銳氣，只是一個人的生日，為什麼要弄得這麼鋪張？」

早在半年前，日本政府就宣布，要在台灣總督乃木希典的生日會上，派出新的戰機從台灣上空飛過。這項殊榮，讓乃木希典得意得都快飄起來了。

日本占領台灣的第二年，頒布了一項法令，讓掌管台灣事務的總督，有絕對的權力。不論何時何地，也不必問什麼理由，台灣總督下達的命令，隨時可以逮捕台灣人、剝削台灣人。所以各地常發生官府干涉宗教信仰、沒收土地、併吞財產等種種不平等的待遇。乃木希典更因實行了「三段警備制度」，張起密密麻麻的網，掃蕩所有抗日的力量，因而得到日本政府的讚許。如果在日本國內，總督充其量只是個地方官，但被派到台灣，就成了可以胡作非為，不折不扣的土皇帝！為了慶祝生日，要加收一項特別稅，本來苦哈哈的百姓，更是雪上加霜。

「大哥，你說的有道理啦！只是……這總督官印深藏在府裡，平時又有專人保護看守，我們要混進去可不容易啊！」雖然這些日子以來，兄弟兩人憑著高明的武功，可以飛簷走壁，進入一般人家中竊取財物。但總督府不比尋常人家，紅龜仔覺得太冒險了。

「放心，我自有妙技……」添丁神秘兮兮的說著，連紅龜仔也笑得直點頭。

第二天開始，兩人開始一步步的計畫。他們化妝成各種不同身分的人，在茶館中高談闊論，繪聲繪影的說著廖添丁和紅龜仔要盜官印的事情。而且還說，兩人正躲藏在柳川西街二十一號。這件事很快的傳到台中州警察部長耳中，他派人捉拿傳布消息的人，卻一個也捉不到。州境內到處都有密報傳來：有傳言說廖添丁要盜官印。部長再三思索，決定徹底清查，既然傳言滿天飛，一定有它的可能性。他聽說廖添丁的藏匿地點，立刻調派所有的警力，準備到柳川西街。一整夜，各部門的高階警官都仔細研擬，要怎樣重重包圍住柳川西街二十一號，讓廖添丁插翅難逃。大夥商量得差不多了，便送警察部長回家休息。才剛在大門口停下來，警察部長大叫一聲：「啊！我們上當了！快通知行動取消。」

這個糊塗的部長，連自己官邸的地址都弄不清，柳川西街二十一號，就是他的家啊！廖添丁狠狠的擺了部長一道，害他在屬下面前抬不起頭來。羞愧的部長覺也睡得不安穩，第二天，家人發現部長已經切腹自殺了。

知道這件事情，乃木希典覺得太不可思議，憑兩個小賊的力量要偷官印，不是癡人說夢嗎？他一面加強警備，嚴密保護總督府的安全。一面派出便衣警察，想找出散布傳言的人。無論如何，不能讓廖添丁的計謀得逞，不然他的面子更掛不住啊！全台的警察，每天辛苦的去調查戶口，所有要留宿的客人，都要向管區報備，嚴密得幾乎是哪家多了一條小狗，都可以查得出來。隨著十一月二十八日的到來，總督府上上下下都瀰漫著一股緊張的氣氛。廖添丁到底在哪兒？沒有人知道。

其實，在總督府附近的一條街，有家常高朋滿座的「一條龍麵館」，有兩個年輕的老闆，正遙遙的望著整天警備森嚴的總督府。每當有警察筋疲力盡的走進麵館，老闆就會親切的招呼：「還沒抓到嗎？」

「怎麼可能這麼容易？大海撈針嘛！」被長官差遣得好幾天沒回家的警察藉機吐苦水。

「快了快了，你們這麼辛苦，一定可以抓得到。」老闆的嘴巴甜，很能安撫軍警的情緒。再加上煮的東西也不難吃，一傳十，十傳百，這裡成為軍警輪完勤務最常來的休憩點。

「來了來了，誰的肉燥湯麵啊？」高個子的老闆端了一碗香氣四溢的麵，詢問一屋子的警察。仔細看看，這賣麵的不就是廖添丁嗎？這是怎麼一回事啊？

原來，廖添丁和紅龜仔在整了台中警察部長後，大搖大擺的來到台北。他們在總督府附近閒逛時，看到有家麵店要讓給別人，就拿了雙倍的錢，連店裡的鍋碗瓢盆一起買下。添丁曾是麵店的小學徒，煮起東西架式十足。紅龜仔又來自美食天堂香港，有一副好舌頭。兩人聯手合作，這個「一條龍麵館」換了主人的事，都沒人察覺。兩人理了短短的頭髮，大大方方的態度，居然連日夜進進出出的警察都沒發覺。這是個絕佳的地點，添丁的眼睛好，遠遠望去，就可以看到總督府又有多少輛車子駛向這裡。每晚聚在這兒的警察，看到麵館老闆熱情豪爽，也卸下心防，放心的高談闊論。兄弟倆隨時可以掌握第一手資料，這個最危險的地方，提供了最大的安全保障。

這天晚上，又是一群警察來到麵館。和平常不同的是，今天的警察個個容光煥發，看起來神采飛揚。

「大人，今天心情怎麼那麼好？」

「當然好啊！今天我們第六小隊抓到廖添丁和紅龜仔了。我們終於可以鬆一口氣啦！來，今天要好好慶祝一番，好久沒這麼開心了，拿最好的酒來，今天可以開酒戒了。」

「真的？那太好了。我們店裡有釀了十幾年的老酒，平時捨不得拿出來賣，今天就便宜賣給各位好了。」紅龜仔堆了滿臉的笑容轉身走進去，店裡哪有這樣的酒？添丁看到紅龜仔神祕的眨了眨眼，只好由他去。

「你們真厲害，是怎麼抓到廖添丁他們的？」

「他們兩個賊性不改，昨天夜裡在東門街一家糧食行前探頭探腦，被捉個正著，現在被關進牢裡。一個高一個矮，又都很年輕。就算是廖添丁和紅龜仔，也敵不過我們布下的天羅地網，哈哈哈……」

「一高一矮，那我和阿九不也一樣?昨天我們兄弟才說，難得大人們這麼捧場，乾脆把我們兩個抓去充數。早上抓去，下午再送回來繼續做生意，免得大人老是抓不到嫌疑犯而傷腦筋。沒想到這麼快就抓到了，我們想報效大人的心意也沒辦法實現了！」添丁面不改色的和日本警察說說笑笑。這幾個月，常傳出有人假冒添丁的名號搶劫商家的事情。不同的是，假冒的人，把搶得的錢收進自己口袋裡。添丁除了留一小部分自己用以外，其他的全部丟進窮人家的屋內。被搶的大多是錢賺得很兇的大老闆，想到添丁被日本政府說成十惡不赦的壞蛋，大多乖乖花錢消災，這點讓「假添丁」也跟著沾光。

「來了來了，誰說我們沒法子報答大人們?阿七，我私自挖出這壇陳年老酒，你千萬別攔我，我要表達對日本警察的敬意。」

看到紅龜仔搬出的那個長年放在後院，也不知道是誰的「金斗甕」，添丁差點笑出來。這個甕沾滿了灰塵，看起來的確又老又舊。台灣居民大多來自大陸，有「撿骨」的習慣。死去幾年後，親人開棺撿骨，把骨頭好好存在這種金斗甕中，準備以後運回大陸或選更好的地方埋葬。後院這個金斗甕，連原來的老闆都不知道是誰的，居然成了紅龜仔的「道具」。

「大人，這是有名的虎骨酒，你看，連骨頭都還在！這酒的非常好，喝了能強筋健骨，非常的補。來，我們兄弟先敬大家。」紅龜仔手忙腳亂的倒了好幾杯酒，看到那髒兮兮的甕裡的神秘液體，添丁有些遲疑。紅龜仔客氣的說：「我們先乾為敬，這酒越喝越順，大人慢慢喝。只是有個不情之請，酒壇裡的虎骨是我阿公在中國大陸長白山取得的，大人千萬別拿走，我可以再泡一罈。」紅龜仔豪氣的仰頭乾杯，添丁只好跟著喝。咦？這是苦茶嘛！一旁的紅龜仔卻說：「大人慢喝，我們兄弟倆要伺候各位，不能多喝，大家慢慢喝，我們進去忙了。」

進到後方廚房，添丁疑惑的問：「你用茶代酒，能過得了關嗎？」

「大哥，你以為我是笨蛋啊！只有我們喝的是茶，其他的人喝的是『虎骨酒』啊！」

「虎骨酒？」

「嘻嘻！我屬虎的呀！我的尿加上米酒加上醋加上隔夜的茶水，還有甕裡那位老前輩的骨頭也拿來借用一下。這不是『虎尿人骨』酒嗎？」

「我明明看到你從甕裡舀酒出來，怎麼我們兩人喝的不一樣？」

「大哥，你是翻高牆偷東西的高手，我紅龜仔最內行的是貼身取物。這招調換的手法對我來說，是最簡單的啦！」紅龜仔得意的說著。

外頭一陣騷動，兄弟倆探頭出去，天啊！台北州的警察部長帶了大隊人馬前來，難道事蹟敗露了嗎？

部長一進店內，來到小隊長旁，先深深一鞠躬，然後大力拍著小隊長的手臂：「你們趕在總督生日的前兩天抓到廖添丁，不但保住了天皇的顏面，也保住我的名聲，謝謝你。我一定向上呈報，大力荐舉，讓你連升兩級。」小隊長的隊員，熱情的鼓掌。這次為了抓廖添丁，這個部長已經被逼得快發瘋，一個月回家次數不到兩次。現在手下抓到了要犯，他心上的石頭也落了地。

「謝謝部長，謝謝部長。」小隊長受寵若驚，堂堂部長竟然親自來鼓勵一個小小的隊長，這是莫大的光榮啊！小隊長邀請部長一起吃東西，部長一屁股坐下，添丁就端上切好的豬頭皮：「辛苦的部長，這是我們小小的敬意。您抓到了廖添丁，我們百姓也能平安過日子！」

被捧得高高的部長，聽到這麼得體的恭維，樂得合不攏嘴，也加入喝酒的行列。好拍馬屁的部下，為了展現日本政府親民的形象，建議部長和麵館老闆照張相。這張相片被送到報館，隔天就被刊出。知道的人都傻了眼，這不是人人要捉拿的廖添丁嗎？

警察部長聽到消息後著慌了，等知道昨夜被捉的兩人，根本不是廖添丁和紅龜仔，更嚇了一身冷汗。他帶著精銳部隊來到「一條龍麵館」，看到大門深鎖，心中十分痛苦。不單是自己也被開了個玩笑，而是明天就是十一月二十八日了，僅剩一天，連對方要怎麼出招都還沒摸清楚，這種身心煎熬，讓所有駐守總督府的軍警，度過最難熬的一夜。

第二天，陽光和煦，空氣中有些初冬的冰冷，最適合遊行慶祝。乃木希典換上大禮服，準備迎接前來祝賀的飛機。總督府前站滿了制服筆挺的軍警，特意展現統治台灣，壯盛的實力。乃木希典精神抖擻的，等待人民的歡呼！咦？他察覺有些不對勁，原來該走到總督府前就定位，一起升旗唱國歌的老百姓，竟都擁向火車站，手中揚著一張張的紙……乃木希典不安的挪動了腳步，臉色發青發白。

「報告部長，這是在車站出現的傳單！」幾乎是同一時刻，警察部長也接到部下的報告，這張紙上有個紅紅的「總督官印」。部長不敢相信，那個放官印的保險箱，自己從頭到尾都仔仔細細的盯著，絕不可能出差錯的。怎麼可能讓廖添丁拿到官印？部長打開保險箱，看到官印還好端端的，兩個印章樣式也不一樣。他像絕處逢生的人一樣，大喊：「廖添丁根本沒偷走官印，快發布新聞！」

整個總督生日的熱鬧氣氛，被添丁一顆用地瓜刻出來的假印章攪得不成樣子。老百姓當然相信廖添丁先發布的是真的，不然，總督為什麼要花那麼多功夫，又是辯解又是說明，甚至還更換印章呢？

這次事件，讓好多警察被降職調職，好大喜功的乃木希典也被換下來。幾個月後，第四任總督兒玉源太郎來台，乃木希典灰頭土臉的回日本。

兒玉源太郎對掌管台灣，有更嚴苛的手段。當然，他受乃木希典的請求，答應為他報仇，保證一定要抓到廖添丁。

只是，這會兒廖添丁又在哪兒呢？想到這個問題，新任總督也徹夜難眠。

十、金蠍蟲和麻豆文旦

走在大街小巷，到處都可以聞到蒸年糕的濃郁甜味，又快過年了！被日本軍警追得很緊的添丁和紅龜仔，根本沒法子回家過年。眼看著一群穿著新衣服的小孩走過來，添丁盯著這群孩子，眼光隨著他們走到街尾。他想到自己的孩子阿六，現在也該六歲了吧？不曉得養父母疼不疼？阿六爭不爭氣？

紅龜仔看添丁的神情，就知道大哥又想家了。自己流浪慣了，又沒有家人，早就習慣這種漂流的生活。添丁畢竟年輕些，難免感情用事。他不在意的拍一下：「哎呀！我怎麼沒想到，我們可以去找小劉啊！我想，他一定是個可靠的人，絕對不會把我們供出來。」

小劉？難道小劉搬到麻豆來了？

「我聽說小劉搬到這兒，而且開家小店，專門賣各種粿，我們去找他，一定有吃不完的年糕。」

兩年前，添丁和紅龜仔在路上救了一個抱著錢袋被搶的年輕人，就是小劉。小劉當時拿著變賣家當的錢，想去投靠大伯。可是大伯回大陸了，害得小劉無所適從。走在路上，他那茫然的神情引得歹徒注意，還好添丁救了他。聽到小劉的父母同時染病死去，添丁非常同情。看看小劉的錢也不多，添丁又給了他一筆錢，建議他買塊地，好好重新開始。現在聽說小劉已經振作起來，添丁也很想看看他現在的模樣。

「好，我們就去找他！」

在最熱鬧的市街上，兩人搜尋著小劉的身影。好不容易，他們看到了小劉，長胖了一點，可見日子過得很好。紅龜仔擠過去，大聲的問：「老闆，我要一百個紅龜粿。」誰要買這麼多啊？小劉一抬起頭，看到紅龜仔，很高興的脫口而出：「紅龜——」但他馬上想到添丁哥一定也在附近，這兩個人都是政府要捉拿的人犯，千萬不能讓別人知道。機警的小劉馬上改口：「紅龜粿一百個？沒問題。客人，請跟我到後面去拿。」小劉把攤子交給小夥計，帶著紅龜仔和添丁來到房間。他鎖好門窗，才輕輕的問：「兩位大哥，你不知道嗎？總督印下的通緝畫像，已經張貼在各個角落，你們怎麼還敢四處閒晃！」

「哪個時候沒人要捉我們？早習慣了，要是會被捉的人，早就被捉走了。」

「不不不，兩位大哥千萬別這樣，一定要好好保護自己。就請委屈一點，躲在我房裡。拜託拜託，千萬別隨便闖出去。」小劉說得很誠懇。添丁兩人本來就是想找個地方休息，也就接受小劉的邀請。

到了傍晚，小劉在家宴請添丁，同桌吃飯的，還有一個削瘦的讀書人。小劉還不等人詢問，就說：「這是陳文筆先生，他被地主派來的人追殺，逃到我這兒。」

「對，我得罪了地主王武旦，走投無路了，來到小劉先生這裡。小劉先生很有義氣，答應讓我躲一陣子。」

又是地主仗勢欺人，添丁聽了很生氣，看樣子，這件事是非管不可了。

小劉也替陳文筆打抱不平：「他那頭家王武旦真不講理，哪有說不娶王家女兒就會引來殺身之禍的！」

「不是王小姐的問題。王小姐對我很客氣，和我像兄妹一樣。我知道王小姐另有心上人，不忍心奪人所好，所以才婉拒王老闆的請求。沒想到王老闆老羞成怒，竟要置我於死地……」

陳文筆詳細的把事情說給添丁兩兄弟聽。

原來，王家有棵大柚子樹，正好長在一口甘泉之上，結出來的柚子渾圓飽滿，又香又甜。當年，清朝嘉慶皇帝微服出巡，屋主王文旦看到這隊人馬又渴又累，就好心的請他們進來坐坐，還把剛收成的柚子拿來請客。嘉慶皇帝從來沒吃過這麼好吃的柚子，一時龍心大悅。表明了身分，賞賜了銀兩，還為柚子賜名「文旦」。這文旦柚得到皇帝的寵愛，一時間身價暴漲，王家就更富裕了。

王文旦的兒子王武旦接掌家業，他很有生意頭腦，想到如果將這棵麻豆文旦大量培植，不是可以生產更多的文旦？他找了許多人，試著要培育文旦，可是都沒有成功。後來找到了農業學校畢業的陳文筆。

「只要你替我培育出文旦苗，我一定重重賞賜。」

老實的陳文筆聽了這句話，不分日夜的研究。從土質、水質和種子，一項項都做精細的分析。看得王武旦都不耐煩了：「以前的人挖個洞就種進去了，為什麼你要這麼麻煩？你是不是存心要我多花錢？」

「不不，王老闆。你這柚子的品種並不特別，一定是其他的因素，使得柚子長得特別好。我是想先研究出這個原因再種，可以提高成功率……」

「要種就種，還說這麼多！反正你給我好好種出柚子，不要隨便亂花我的錢，否則要你好看。」

家境貧窮陳文筆，的確要靠王武旦的薪俸才能過日子，他做得很賣力，結果真得找出最適宜栽種文旦的環境。他把柚子籽種下，細心呵護每一株新苗，費了五、六年，王武旦的幾甲柚子園，真的結出了貨真價實的「文旦柚」。全國各地的水果商蜂擁而至，王家的錢財暴增了好幾倍。陳文筆完成了工作，王武旦卻捨不得當時所說的「豐厚的賞賜」，他給陳文筆三個月的薪俸，告訴陳文筆：「現在我不必種柚子了，你可以另謀高就。」

看到少得可憐的錢，陳文筆大膽的要求：「王老闆，這五、六年來我把全部的時間和精力投注在這裡，可不可以多賞我一筆錢，讓我可以做個小生意養家糊口？」

王武旦正想發脾氣，一旁的管家卻附在他耳邊說悄悄話，這些話一語驚醒夢中人。王武旦想到，這時不但不能把陳文筆打發走，還要努力留他在身旁。不然，陳文筆如果把文旦的種法傳出去，自己這種「專賣」的暴利，不就沒了嗎？王武旦拿回裝錢的袋子，討好的說：

「先別談出去做生意的事，我們來研究研究。」

可惜，王武旦的如意算盤打得太早。獨生女如芳已有心上人，陳文筆也拒絕迎娶如芳。眼看著再也沒什麼理由留住陳文筆，王武旦就起了殺機。前天夜裡，陳文筆回家時，在路上遇到幾個蒙面人，嘴裡喊著：「王老闆看中你，你居然不肯娶如芳，這叫敬酒不吃吃罰酒。」這些人把陳文筆嚇了一大跳，趁對方人多手雜遲疑的時候，陳文筆拔腿就跑。他躲在陰溝裡，等到確定沒有人時才哆哆嗦嗦的爬起來。他想到做人很講義氣的小劉，就連夜逃到這兒，今天已經是第二天了。

「陳兄，長久躲藏不是辦法，除非你想像我們一樣浪跡天涯。」

「我也知道不能一直麻煩小劉，可是又能怎麼辦？現在我連安安分分的做生意都不行，王老闆總會怕我把技術傳給別人。我怎麼說都沒用！」

添丁和紅龜仔使了個眼色，安慰陳文筆：「先別管他了，好好睡個覺吧！」

這天夜裡，添丁兩人摸黑進了王家，先找到鎖了三重的「柚子間」，裝了一麻袋的柚子。「大哥，我們只為了偷柚子嗎？」添丁微微一笑。王武旦把部分的文旦留到過年，好以更高的價格出售。這一屋子的柚子，各個是他的寶。所以，當王武旦正查核帳本時，一粒柚子從外面飛進來，不偏不倚的打爛他心愛的花瓶，王武旦真是又心疼又憤怒。

「誰？偷吃柚子，好大的膽子！」

黑暗中沒人應聲，一粒粒上好的文旦連續飛進來，有的弄髒高貴的字畫、有的砸得稀爛落在昂貴的家具上、有的打在王武旦身上。是誰這麼大膽？敢闖進王家撒野？王武旦在屋裡亂揮亂揮的，怕又有哪個柚子落在自己身上。其實，擅長擊石的廖添丁，把一粒粒的柚子當成石頭丟出去。他覺得王武旦只是貪心、小心眼，罪不致死，所以只想給王武旦一點教訓。要是平常對付敵人，添丁會用像鵝卵一樣堅硬的石頭，既狠又準的投出。通常，沒人能敵得過石頭的攻擊。有時在郊野，添丁也會用石頭擊殺山豬、野鹿來果腹。現在用柚子代替石頭，砸在身上一下子就爆開，沒有多大的殺害力。

果然，王老闆看見一室凌亂，氣得大吼：「是誰？男子漢大丈夫，趕快出來。」

「王老闆，我就等你這一句話。」添丁和紅龜仔不知道從哪竄出來，傲然的站在房間內。

「你是誰？你又知道我是誰？」

「我是紅龜仔，他是我大哥廖添丁！」

王武旦嚇得不敢發出聲音，官府的通緝令寫得很清楚，廖添丁是個無惡不做的逆賊，劫財害命，碰到的人兇多吉少！

「王老闆，我並不想為難你。看你這麼個富貴人家，可是還點一根燈心而已，可見對自己也很苛。現在，只要你給陳文筆合理的報酬，並放他一條生路，我也不再追究什麼！」

這個時候，王武旦真正體會到「錢財乃身外之物」，他顫抖的拿出大堆銀兩，可是添丁硬是不肯點頭說「好」，眼看一麻袋都裝滿了，添丁才擺一擺手。

「這小賊，等一下我立刻告到派出所，連陳文筆一起捉拿起來。」王武旦心頭狠狠的咒罵著。他的心思像被人看透似的，廖添丁伸出右手捏住他的鼻子，左手塞進他嘴裡一粒不曉得什麼東西，然後飛快的在他背上猛擊一下，這顆東西順勢滑進他的胃裡。

「王老闆，君子一言，駟馬難追。我本來應該更相信你的，但是知人知面不知心，我還是要防著點。免得要幫陳先生幫不成，反而害了他。現在，請你跟著我念……」

王武旦又急又怕，發著抖念完。添丁才神清氣定的說：「剛才你吃下去的是最毒的金蠍蠱，如果你不能做到不干涉陳先生，不舉發我們，蠱毒就會發作。一時三刻內斃命，什麼藥也醫不好！你不相信的話，就試試看！」

王武旦被餵了一顆不知什麼東西，早就慌得六神無主，他又是一個愛惜生命的人，絕不可能拿自己的性命開玩笑。他眼睜睜看著廖添丁揚長而去，心中真是莫可奈何。

添丁扛著大麻袋回到小劉家，看到小劉在院子裡走來走去：「哎呀！兩位大恩人，不是說千萬別到處走嗎？害我急得睡不著。」

「沒事沒事，我們只是替陳先生解決一些問題。」

被叫醒的陳文筆，看到一大堆錢，只肯拿自己該得的。添丁要把剩餘財物送給小劉，小劉也不肯要：「命中有則有，命中無莫強求。你們以前救了我一命，現在我已經能自給自足，真的不用了。」

不得已，添丁兩人又待了幾天，還在小劉家過了個「有家人」的年。

正月初一清晨，家家焚香敬天時，有不少人收到一包芋荷葉包著的東西。打開一看，竟是亮晶晶的銀子。這個年，大家過得比往年更快樂。

陳文筆用得到的錢開間農具店，也教人種植文旦。沒多久，連麻豆本地人都可以吃到文旦柚。王武旦心中雖然氣，但一想到體內的金蠍蠱，就打了個冷顫，他真得怕添丁來索命。

其實，添丁和紅龜仔沒等天亮就離開麻豆。半路上，紅龜仔很好奇：「大哥，你學過蠱術啊？」

「隨便說的。小時候在我師父那兒，曾聽大陸來的拳腳師父說起他們的蠱術，我只是依樣畫葫蘆，照樣說一遍而已。」

「那他吃的不是金蠍蠱了？」

「一粒柚子籽罷了！」

「哈哈！」兄弟兩開懷的笑著。

十一、粉碎購地夢

「救命啊！救命啊！」

這天，添丁兩人優閒的在溪頭街上看一家竹藝品的擺設。老闆娘傳來淒厲的求救聲，添丁二話不說，雙手齊發，丟出兩顆小石子。抓住老闆娘的壯漢兩手一鬆，老闆娘乘隙脫逃，躲在廖添丁後面。

「喂！你們少管閒事！這女人太不知好歹，我們老闆請她去吃飯，她竟敢不去！」壯漢的口氣很不好，他的身後有一群穿著一模一樣的打手，讓他更是有恃無恐。

「這我就沒聽過了，請客要賓主盡歡才好，哪有強拉客人的？除非你們是閻羅王請客，才會這麼不講道理。」紅龜仔故意用怪聲怪調，存心要激怒這群人。

「客人，不是這樣的。他的老闆楊明德苛薄小氣，從來不曾請客。我接到喜帖查覺事有蹊蹺，才決定不去。果然，鄰居陳老伯、李阿婆、姜嫂……都來哭訴，楊明德用不到十分之一的價，逼大家賣竹林。我知道實情，更不會賣了。我開竹藝行，一向利用自家生長的竹子，沒有竹林，叫我怎麼活下去。我是絕對不可能賣地的！」

「潘雪！你跟外地人講這麼多幹什麼！如果你要拿多一點，我可以跟老闆說說看，反正只剩下你還沒賣地，只要你行行好，趕快答應，讓我們好交差！」壯漢語氣有些鬆動，看來他也是拿人手短。

「這位老兄，我不是陌生人，我是廖添丁。」

「啊？真的？我……我叫江大，也有人叫我大江。我有百來名可以肝膽相照的弟兄，都是楊明德先生雇請的。添丁老兄，你的事情我早有聽聞，沒想到比傳言中的要年輕。英雄出少年，真是一點也不錯。」學武的人個性耿直，這個江大一看到心中敬佩的偶像，連自己該做什麼都忘了。

「謝謝！我想請教你，楊明德能一口氣雇請一百多位武仔，一定財力雄厚，為什麼還要跟一個孤苦女人家爭地？難道這地非買不可嗎？」

「哎！說來話長……」

原來，溪頭一帶風景優美，種了許多竹子，一向是有名的觀光勝地。有一天，一位日本來的老闆川地明夫也到這裡度假，看到滿地的落葉，欣喜若狂。這竹葉的纖維堅韌，拿來造紙，一定能造出最細緻的紙。川地明夫帶了幾麻袋的竹葉回台北化驗，等消息確定後，他告訴台灣總督這個竹山簡直是座寶庫。台灣總督下命令，要南投州知事設法把整座山買起來。州知事想到，若是要用官府的名義強行徵地購地，一定會引起民怨。最近好不容易抗日的風潮稍稍平息，再也不能橫生枝節。想來想去，他請竹山地區的地方老大——楊明德來幫忙。

楊明德天不怕地不怕，靠著日本人，他從村民手中謀得不少錢財。再加上他養了一大群武仔，看誰不順眼，就要手下去教訓人家。多年來，地方上的人沒人敢與他起衝突。聽到州知事要買地，他一口答應要幫忙。但州知事留下的買地錢，他卻全部入了自己的口袋，還很不屑的說：「我楊明德買東西還要付錢？真是笑話。」

楊明德發下請帖，要那座竹山的幾十個小地主都來楊府吃酒席，而且規定要包「厚禮」。誠惶誠恐的小地主，不曉得這楊老大變什麼把戲，縮衣節食的省下一分不太難看的禮。一群人在客廳坐了好久，都過了原訂吃午飯的時間，桌上卻什麼都沒有。

「哇！哇！」陳老爹帶著小孫子來，原本小孩子高高興興的期待著吃肉，現在什麼都沒吃到。這個五歲的小孩嚷著：「我肚子餓，我要吃東西。」別說小孩餓了，大人也受不了，只是不好意思說出來罷了。又過了大半個時辰，有些老太太尿急，問門口的守衛：「我想去茅房，可以嗎？」

守衛的人一句話也不說，瞪大了眼睛，嚇得老太太跌坐回位置上。

陳老爹掏出錢：「我們等飯吃，小孩等不及，請你們去買些米糕給我孫子吃好嗎？」

守衛面無表情，陳老爹伸出去的手懸在半空中，好是尷尬。

現在，大家都知道自己赴了鴻門宴，可是卻不明白，楊老大究竟有什麼打算？

好不容易挨到天快黑了，楊老大才來到。很不客氣的說：「你們的地我要了，這裡有契約書，趕快簽一簽就可以回去了！」

從來沒人這麼不講道理，黃家派出的是年輕的大兒子黃彬，很不客氣的說：「要買地也要客客氣氣的跟我們談，哪能把我們軟禁在這裡！這塊地是我爺爺留下來的，如果要賣，我也要找我爸爸商量。我絕不簽字！」

楊老大使個眼色，左右兩個武仔便走向黃彬，一陣拳打腳踢，大家眼睜睜的看著黃彬被打得渾身是傷，心裡頭又驚又怒。陳老爹那個餓得睡著的孫子，聽到哀號聲，嚇得哭了起來。孔武有力的武仔衝過來，陳老爹急得流眼淚，他一手護著小子，一手揮著：「拿來拿來，我簽！快放我回去吧！別折磨老人家和小孩子了。」

命都快被收去半條了，有地又能做什麼？陳老爹簽了字，抱起孫子，沒命的衝出楊家，就讓這噩夢快點過去吧！看到陳老爹那樣狼狽的逃離，大廳其他的人，心志也開始動搖。捨命護地究竟聰明還是不智呢？

「我今天就專程到這兒等各位簽字，不簽的人，棺材已經等著你。看你們要我等多久，十天、半個月或是一個月，我隨時奉陪。只是，沒簽的人都不能離開這個房間，內急或肚子餓的，請自己想辦法！」

這一番恐嚇的話，讓屋裡的人嚇得魂飛魄散。大家痛苦的簽下字，好換取行動的自由。楊老大不花分文，就取得竹山大部分的地。

「添丁老弟，這就是我們楊老闆買地的情形。他發現只缺潘姑娘這一塊，所以要我們趕快來辦。」大江說時面露愧意，他也知道自己的老闆做得太過分了。

「江大哥，這件事並不那麼簡單。你看，日本人買地造紙，等賺了錢又買些槍炮回台灣。槍子眼是不長眼睛的；誰曉得會不會殺害了我們親人的生命？你說，我們該不該讓日本人買地！」

江大側著頭想了想：「我知道了！」

楊明德在書房和妻妾下棋聊天，看見江大衝進來，很生氣的說：「江大，你越活越回去了，連規矩也不懂嗎？還不趕快退出去！」

「老闆，我們有事要商量。你不答應，這些弟兄是不會離開的。」江大堅定的表明立場，要楊明德歸還地契，取消和日本人的買賣。

「如果我不答應呢？」

江大手下的武仔亮出武器，看起來不是隨便就可以打發。楊明德也算機靈，本來就不是自己的地，拿去還也不虧本，只是沒法子賺到日本人付的錢。他拿出一疊地契：「要還就還吧！你們一向服從，這次是誰給了你們熊心豹子膽？」

江大笑了笑：「廖添丁！」

楊明德為了交涉這個購地事件，和日本人起了嚴重的衝突。這些帳，楊明德都算到「廖添丁」身上，希望有朝一日可以報仇。

十二、最後一段旅程

粉碎了日本政府的購地夢，廖添丁和紅龜仔的處境更加危險。這十年下來，他累積了大大小小不下百件案子，從北到南，各州的警察都想要抓到他。日本政府下了高額的懸賞令，誰能抓到廖添丁，誰就可以破格晉升。日本政府花很大的力氣掃除抗日的勢力，他們怎麼也弄不明白，為什麼有收買不了的人？別的抗日分子，有的怕牽連家人，所以接受日本招降的命令；有的輕易被豐厚金錢打動，搖身一變，成為日本政府的心腹。只有廖添丁，快十年了，他一直是政府的心頭之恨。

為了躲過日本政府越來越嚴密的追緝，廖添丁幾乎不敢在同一個地方停留超過三天。阿善師一百壹拾歲時，添丁喬裝成賣藥郎中，偷偷的回去。年紀這麼大的阿善師，一聽到添丁的聲音，還是認出來了：「你？怎麼敢回來？昨天還有人問你會不會回來，看樣子想活捉你好領賞。快走快走，這裡不宜久留。」

添丁要紅龜仔遞上禮物：「這是一對前清皇帝賞的玉如意，我也不知是真是假，讓您老人家開心就好。」

阿善師接過如意，歎了口氣：「這又是誰家的？添丁，不是我說你，你這樣翻牆取物，雖然易如反掌，但你有沒有想到，你逞一時之快，會牽連多少奴才？就拿這對玉如意來說，遺失的人不會遷怒家中的下人嗎？難道沒為了這對如意尋死覓活的嗎？添丁，你怎麼不多想想！這樣的稀世寶貝，我拿了能心安嗎？」

阿善師的話讓添丁有些羞愧，他囁囁嚅嚅的說：「這只是我一點心意……不然，賣掉也可以……再不然，給阿六長大娶媳婦也可以……」

「添丁，不是我說你，這年頭誰家買得起這種好東西，一拿出來，不是擺明要人來查嗎！」

添丁和紅龜仔垂手聆聽，他們感到很難堪，看來，這個禮送得很不恰當。

隔了好一會兒，阿善師才打破沈默：「說起阿六，他還真是爭氣，一年前開始上學堂，教什麼學什麼，連大孩子都比不上他。你等一下要不要去看看他？」

當然要！添丁這次回來，也是牽掛這個骨肉啊！聽阿善師這麼一說，他真的迫不及待的想看看阿六的模樣。他照著阿善師說的地點，找到阿良嬸的家。在那寬大的堂前，他看到一群大大小小的孩子在玩耍。父子連心，他幾乎一眼就看到哪個是阿六了！連添丁也忍不住心底讚歎，這孩子方頭圓耳的，長得多好啊！可惜，他不能站出去，用手臂抱著自己的孩子。他目不轉睛的看著這群遊戲的孩子，直到天色漸暗，孩子們被叫回家，他才失神失神的挪動腳步。跟在一旁的紅龜仔，知道這時候說什麼也沒用。誰叫他們是這樣的身分呢！

辭別了阿善師，添丁想到，前些日子他在搭火車時，曾經救了一個朋友，這個朋友住在八里山上，地方非常偏僻。也許，可以去投靠他，讓自己暫時不必四處流浪。紅龜仔也想起這個人：「是叫楊琳吧？我記得當時他身體卡在兩節車廂中，眼看著就要被夾成肉餅，是大哥拿根扁擔撐著故障的車廂，才把他救起來。這個人看起來還滿老實的，我們就去投靠他吧！」

兄弟兩人帶著一顆疲憊而渴望休息的心，向八里前進，誰也沒料到，這是一段最後的旅程。

他們有時坐車，有時走路。白天找地方休息，晚上才繞道趕路。不知怎麼的，紅龜仔竟然感冒了。兩人本來就常仗著身體好，生病從來不曾在意。沒想到這次紅龜仔喝了幾碗紅薑湯，病情反而越來越嚴重。為了紅龜仔的病，行程一直被耽誤，紅龜仔心中很過意不去。添丁用路邊撿來的板車拉著紅龜仔，一路更要小心謹慎。有一天，紅龜仔看到前面是座和尚廟，他哀求添丁：「把我先擱在這裡吧！出家人心存慈悲，會幫我治好病的。到時候，我再去找你。」

「可是……。」

「大哥，別再遲疑了，讓你推著我，真的很擔心發生事情，到時候你又要救我，又要接招，怎麼能不出事情？我一定會好起來的，大不了，剃了光頭當和尚，也沒什麼不好。」奄奄一息的紅龜仔，勉強露出微笑。

添丁只好把板車放在和尚廟前，自己先到八里。

楊琳是個茶農，一年中只在幾個時節要把採好的茶送到淡水焙製，平時一家人獨居山中，怡然自得。他時時感謝著添丁當時的搭救之恩，所以，當添丁來敲門時，楊琳二話不說，立刻答應為他掩護。

「我這兒面臨馬路，偶爾，警察會來串串門子，查查有沒有閒雜人等，所以還是不太安全。在我家附近的後山有一處猴洞，只能容納一人進出。那個地方靠山面海，居高臨下，有半點風吹草動都可以查覺得到。不妨躲在那兒，我會親自送飯過去。」楊琳說得很誠懇，也設想得很周到。添丁跟著楊琳來到猴洞，他也覺得這是很好的藏身之處。把帶來的簑衣草蓆被褥布置好，這裡就成了他的「家」。

剛開始，楊琳送飯來時，都會小心的看看四周，不敢走平常的路。幾次以後，楊琳的警戒心放鬆了，這一路上，除了蛇啦鳥啦野兔什麼的，什麼人也沒有哇！他大大方方的走平常的田間小道，這條路又平又好走，還可以省下快半個時辰。

有一天，管區警察來楊家時，楊琳正好不在。警察站在屋外抽煙，看著遠遠的山路。咦？楊琳怎麼提著食籃往家裡走呢？平時採茶時，雇主的確會用食籃提些糯米糕給採茶工人當點心，但是這時候並不是採茶的時節啊！再說，楊琳那幾甲茶園，根本不是通往海邊的呀？警察心中起疑，等楊琳一回到家，立刻上前詢問：「你去哪？去替誰送吃的？」

楊琳臉色發白，但很巧妙的說：「我到山上拜好兄弟啦！這是我們台灣人才拜的神，不用準備大魚大肉，只要一般的菜就可以。拜完後，把菜撒在荒地上，等那些孤魂野鬼來搶食。」這幾年，日本政府為了籠絡台灣人的心，對宗教的限制放鬆了，只要不要利用宗教聚眾滋事，就可以接受。楊琳胡亂說的藉口，日本警察不太懂，又不能確定，只好板起面孔直接說：「聽說，你和廖添丁有淵源，是真的嗎？」

「廖添丁？我聽都沒聽過！」楊琳接得很快，卻讓警察更加起疑，廖添丁是個頭號麻煩人物，大街小巷都有要捉拿他的畫像，怎麼可能有人沒聽說過？

警察回去後立刻向上呈報，隔天清晨大批警力將山團團圍住，要進行蒐山工作。雖然，廖添丁在高處查覺到異狀，下山逃到平地一條溪流的木橋下躲藏。日本人什麼也沒找到，但是卻找到猴洞裡的東西。日本警察得意的拿了一個磁碗下山，擺在楊琳面前：「這碗上有『大東製茶廠』，正是你家裡用的，是誰藏在山洞裡？是廖添丁吧？

是那個你不認識的廖添丁吧？」

楊琳嚇得目瞪口呆，一句話也說不出來。

「等我找到了，你們全家大大小小二十幾口，全都是逆賊的同黨，全都沒命！」日本人語氣兇狠。

楊琳僵在那兒。雖然，他很願意用自己的生命來報答廖添丁的恩情，但是，現在情勢逼人，他能叫一家子全部為了他而賠上性命嗎？而且，日本人這樣圍住山，他就不能為廖添丁送吃的，廖添丁怎麼活下去？今天，廖添丁也許運氣好，躲過眼前的危險，但日本人如果一直包圍下去呢？在這樣長期羅網下，添丁一定會被捉住。到時候不但添丁沒命，楊家也要弄得絕子絕孫！想到這兒，楊琳痛苦的咬牙說：

「好！給我一點時間。」

圍山的軍警撤退到看不到的地方，楊琳依然按時送飯。添丁也以為危險消除了，得意的對楊琳說：「日本人最會虛張聲勢了，幾千人圍山也沒用。我會像鶺鴒一樣，遁入草中，又會像野雁一樣，跳上大樹。要捉我，難哦！」

楊琳陪著笑，心裡卻好痛苦，他好想告訴眼前的朋友：「這次是真的，快點準備吧！」他好想讓救命恩人逃走，可是這都是不可能的。每天送飯到猴洞，兩人就天南地北的談著。越是談天，楊琳越不忍心，畢竟他這位恩人還這麼年輕啊！尤其是添丁聊起孩子阿六時，模樣完全是一個慈愛的父親。楊琳心在淌血，他好希望添丁沒來投靠自己，不要讓他得做這麼痛苦的決定。

又過了好幾天，楊琳送飯回來，看到警察局長怒氣沖沖的坐在客廳：「我限你三天內解決，不然，我們看誰厲害。」

隔天，楊琳送飯時，看見添丁蒙著頭熟睡著。他原本想叫醒添丁來吃東西，可是想起警察局長的話。不得已，楊琳把手中的鋤頭高高舉起……

這一年，廖添丁正好二十七歲！

附錄

台北縣八里鄉，有一座「漢民祠」，這是為了紀念廖添丁而建的廟。

在台灣光復以後，八里鄉民為了感謝廖添丁的抗日義行，把他的骸骨收斂，重建一座墓園。

墓園裡有一塊大墓碑，記下廖添丁的生平。據說，這塊墓碑最早是日本官員山本所立的。這位駐八里的官員，原本妻女健康正常，有一天突然發病，語無倫次，沒人醫治得好。鄉民告訴山本氏，這可能是廖添丁的冤魂作怪，應該誠心的祭拜才可以。山本氏原來不信，後來半信半疑的到添丁墳前許願，沒想到妻女的病就好起來了。山本氏依約立碑，可是不久後又怕長官怪罪，把碑拔除丟棄。直到重建墓園時，才再把墓碑恢復舊觀。

漢民祠大殿裡，有展示幾張廖添丁的畫像。神位後面就是他的墳墓，看起來非常樸實。在大殿後面，有「添丁文物紀念館」，可以看到他留下來的衣服器物。讓人對這位只活了二十七年，一生都在抗日的傳奇人物，充滿了感激與敬仰。

整個漢民祠位在四千多坪「添丁公園」中，現在已經成為有名的觀光點。也有人趕往三公里外的「猴洞」，看看當時廖添丁最後藏身的地方。人來人往，讓人更加緬懷，在那個時代所發生的故事。

走訪一趟「漢民祠」，想一想曾為這塊土地犧牲生命的無名英雄，心裡充滿了感動。

傳奇故事系列

廖添丁傳奇

1998年11月初版
2020年1月二版

定價：新臺幣220元

著者	鄒敦怜
插畫	林鴻堯
叢書主編	黃惠鈴
編輯主任	陳逸華

出版者	聯經出版事業股份有限公司
地址	新北市汐止區大同路一段369號1樓
編輯部地址	新北市汐止區大同路一段369號1樓
叢書主編電話	(02)86925588轉5312
台北聯經書房	台北市新生南路三段94號
電話	(02)23620308
台中分公司	台中市北區崇德路一段198號
暨門市電話	(04)22312023
台中電子信箱	e-mail：linking2@ms42.hinet.net
郵政劃撥帳戶第	0100559-3號
郵撥電話	(02)23620308
印刷者	世和印製企業有限公司
總經銷	聯合發行股份有限公司
發行所	新北市新店區寶橋路235巷6弄6號2F
電話	(02)29178022

總編輯	胡金倫
總經理	陳芝宇
社長	羅國俊
發行人	林載爵

行政院新聞局出版事業登記證局版臺業字第0130號

本書如有缺頁，破損，倒裝請寄回台北聯經書房更換。 ISBN 978-957-08-5446-6 (平裝)
聯經網址 http://www.linkingbooks.com.tw
電子信箱 e-mail:linking@udngroup.com

國家圖書館出版品預行編目資料

廖添丁傳奇 / 鄒敦怜著．林鴻堯插畫．二版．
新北市．聯經．2019.12
168面；14.8×21公分．(傳奇故事系列)
ISBN 978-957-08-5446-6（平裝）
[2020年1月二版]

863.59 108021046